KB273348

호사랑병원

가리새를 위하여

호사랑병원

가리사니를 위하여

초판인쇄 | 2009년 10월 25일   초판발행 | 2009년 10월 30일
펴낸이 | 한사랑병원   펴낸곳 | 도서출판 작가마을   인쇄 | 선은인쇄사   제본 | 광명제책사
등록 | 2002년 8월 29일(제 02-01-329호)
주소 | 경남 김해시 강동 359번지
        T.(055)722-7000   F.(055)722-7099

© 2008. ISBN 978-89-90438-68-3   03810
정 가 / 15,000원

www.한사랑병원.kr / www.han-sarang.or.kr

가리새니를 위하여

신 진 규 대표 지음
(한사랑병원 중독연구소)

한사랑병원

추천사

이덕기
정신과전문의, 의학박사
부산대학교 정신과 겸임교수
양산병원 숭덕알코올약물남용연구소장

우리곁에 있는 중독가족 이야기

이 책은 알코올중독 치료 전문병원인 한사랑병원이 알코올중독 환자와 그 가족, 그리고 알코올중독증에 대하여 알고 싶어하는 사람들을 위하여 만든 책입니다. 아빠가 알코올중독증을 앓고 있는 해누리와 나태한이라는 두 아이의 가족에 대한 이야기를 통하여 알코올중독증이 어떤 병인지, 그 원인은 무엇인지, 어떻게 회복과 치료가 되는지, 그리고 집안의 가장의 알코올중독증이 가족에 어떤 영향을 미치며, 가족은 어떻게 대처해야 하는지에 대하여 상세하게 설명해 놓았습니다.

흔히 말하기를, 알코올중독증은 모든 가족이 함께 고통을 받는 질병이라고 합니다. 알코올중독 환자 자신은 물론이지만 그 가족들도 알코올중독에 대하여 많이 알면, 아는 만큼 이 힘든 병을 이겨나가는데 많은 도움이 됩니다. 당사자도 고통스럽고, 힘들지만 그 가족들 또한 환자에 대한 연민과 분노, 현재의 암담함, 미래에 대한 불안으로 괴로움을 겪을 때 알코올중독증에 대한 올바른 지식이 앞으로의 삶에 대한 효과적인 지침이 됩니다. 또한 알코올중독을 치료하는 전문가들에게도 알코올중독증에 대한 이해를 향상시키는데 도움이 될 것입니다.

이 책을 읽어보니, 알코올중독증에 대한 해박한 지식뿐만 아니라 알코올중독자를 적극적으로 치료하려는 마음을 가지고 있는 한사랑병원 치료진의 진지한 열의를 그대로 느낄 수가 있습니다. 이 책에 나오는 해누리와 정말로의 가족과, 나태한, 나가야, 안미더의 가족의 이야기는 우리와 다른, 멀리 떨어져 있는 가족의 이야기가 아니라, 우리 곁에서 언제나 볼 수 있는, 바로 우리 가족의 이야기임을 절실히 느끼게 됩니다. 알코올중독증은 학력이나 경제력, 성격에 상관없이 누구나 경험할 수 있는, 우리 사회에 흔히 있는 질병입니다.

부디, 보다 많은 사람들이 이 책을 통하여 알코올중독증을 올바로 이해하고, 슬기롭게 극복하기를 바랍니다.

이문재

시인, 경희사이버대 미디어문예창직학과 교수

휴먼 다큐멘터리 같은 중독지침서

방송에 비유하자면 이 책은 뉴스나 정보 프로그램이 아니다. 드라마도 아니다. 이 책은 '인간극장'과 같은 휴먼 다큐멘터리에 가깝다. 알코올 중독은 흡연이나 도박과 더불어 당사자 개인뿐 아니라, 가족과 사회의 토대를 뒤흔드는 치명적인 바이러스다. 이 책의 미덕은 기왕의 알코올 중독 치료서와 다른 접근법을 동원했다는 데 있다. 알코올 중독자 자신이 아니라, 그 가족들의 입장에서 알코올 중독의 원인과 심각성, 다양한 치료법 등을 일러준다.

알코올 중독을 치료하는 과정에서 가족들은 또 다른 훌륭한 의료진이다. 이 책이 알코올 중독자와 그 가족들에게 환한 웃음을 돌려주는 새로운 '복음'이 되는 것은 물론, 본격적인 '문학 치료'를 위한 하나의 디딤돌이 되기를 바란다.

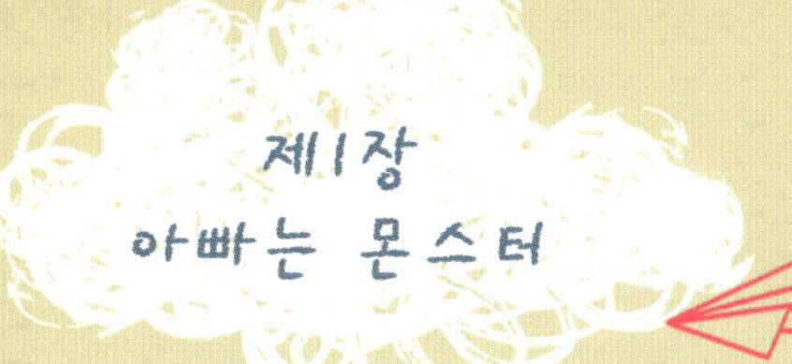

제1장
아빠는 몬스터

제2장
꿈이 없는 아이들

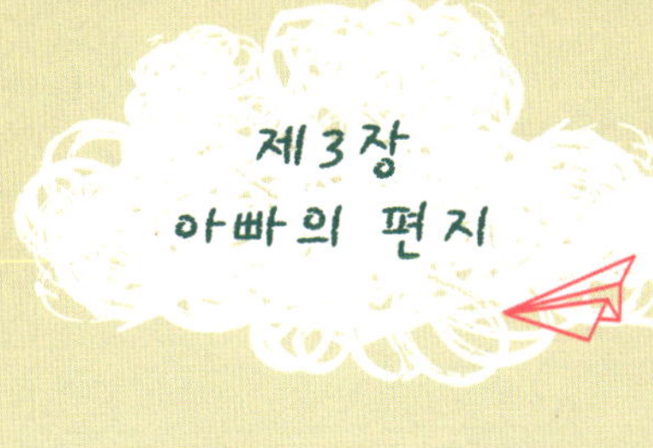

알코올중독 가족지침서 – 치료와 회복과정

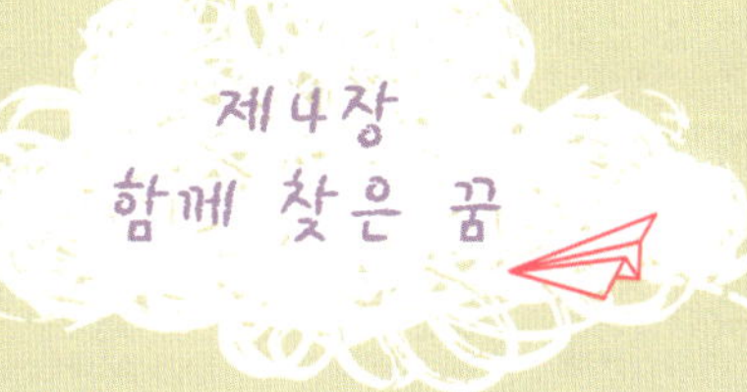

알코올중독 가족지침서 – 보호자의 역할

등장인물

긍정적인 가족

해보기 : 50대 초반의 알코올 중독자입니다. 아내와 함께 제과점을 합니다. 병원 입 퇴원 반복한 경험이 세 번 있습니다. 아내 '정말로' 의 기대와 딸 '해누리' 의 격려로 병인식을 가지고 회복의 길로 들어서게 됩니다.

정말로 : 40대 후반으로 '해보기' 의 아내입니다. '해보기' 의 입원 기간 동안 혼자서 제과점을 운영합니다. 남편의 반복되는 입원으로 실망을 겪기도 하지만 병원에서 제공하는 가족교육 정보를 적극적으로 받아들이면서 희망을 가지고 화목한 가정을 위해 변함없이 노력하게 됩니다.

해누리 : 17세로 고1 학생입니다. '해보기' 의 딸입니다. 아버지의 알코올 문제로 고민을 많이 하고 갈등도 심했지만, '정말로' 의 충고와 사랑으로 어머니를 도와서 아버지의 회복에 좋은 영향을 끼치게 됩니다. 한편, '나태한' 의 학교 친구로 '나태한' 의 가족을 긍정으로 이끄는 역할을 합니다.

부정적인 가족

나중해 : 40대 후반의 알코올 중독자입니다. 소규모 제조업 공장을 경영 한 적이 있습니다. 여러 병원을 전전하며 제대로 치료를 받지도 않은 채, 짧은 기간 동안 입 퇴원을 열 번 반복한 경험이 있습니다. 병인식이 전혀 없으며 점점 포악해지고 의심이 많은 성격으로 변해 갑니다.

안미더 : 40대 후반이며 '나중해' 의 동갑내기 아내입니다. 보험 설계사이며 '나중해' 때문에 자신의 인생이 망가졌다고 생각하면서 나중해를 많이 원망하며 살아갑니다. 이혼을 하겠다고 벼르고 있으나 실행에 옮기지는 못하고 있습니다. 불평불만이 많으며 온전한 해결 의지는 오히려 부족한 편입니다. 병원에서 제공하는 가족 교육 정보를 제대로 받아들이지 않고 무작정 거부하기만 합니다. 하지만 아이들의 지지로 인해 조금씩 스스로의 마음을 가다듬게 되고 남편에 대한 치료 의지를 가지려고 노력하게 됩니다.

나태한 : 17세로 '해누리' 의 학교 친구입니다. 아버지 '나중해' 와 어머니 '안미더' 사이의 갈등으로 힘들어 합니다. 가족 내의 분위기로 마음의 상처를 많이 받고 있습니다. 가정의 분위기에 지쳐서 성적이 점점 떨어지며 장래 희망마저 없는 상태입니다. '해누리' 의 격려에 조금씩 마음 문을 열려고 하며 아버지를 희망으로 이끌려고 결심하게 됩니다.

나가야 : 15세로 중2입니다. 평범하지 않는 가정의 분위기 탓에 주위 일에 일부러 무관심한 척하고 잘 어울리지 않는 아이입니다. 음악을 좋아해서 주로 혼자서 음악에 몰두하며 지냅니다.

제1장

아빠는 몬스터

들어봐, 크고 푸짐한 쓰레기통이 있었으면 좋겠어.

넣을수록 폭폭 잘 들어가는 쓰레기통 말야. 꼴 보기 싫은 것들 골치 아픈 것들 두 번 다시 쳐다보기 싫은 것들을 모두 넣어 버리면 그냥 끝나는 쓰레기통 말야. 양철이나 플라스틱은 곤란해. 부드럽지만 질겨서 넣는 대로 쑥쑥 잘 들어가야만 해. 한번 넣으면 쓰레기가 아예 사라지는 쓰레기통 말야. 그래서 쓰레기들을 꿀꺽 삼켜버리는 쓰레기통 말야. 그런 쓰레기통이 있으면 제일 먼저 시간, 기억하기에도 싫은 시간부터 넣어 버리고 싶어.

일곱 살 이후로 산타 같은 것은 믿지 않았어. 날개 달린 천사도 말야. 요술 지팡이로 멋진 신데렐라를 만드는 요정도 말야. 그런 것들이 한때 내 마음을 뛰놀게 했던 게 사실이긴 하지만…… 이것은 우스운 이야기인데 말이지. 천사건 산타건, 제대로 소원을 들어줄 누군가가 단 한번만이라도 짜안! 나타나 준다면 주저 없이 쓰레기통을 하나 달라고 말하겠어. 쓰레기통은 버리고 싶은 모든 것들을 다 버릴 수 있고 다 삼킬 수 있어야 해. 그거면 됐어. 지난 밤 말야. 밤에 일어났던 일들을 와락 집어넣고 싶어. 한번 집어넣으면 다시는 끄집어 낼 수도 없고, 내 머릿속에서 아예 지워질 수 있다면…….

그런 쓰레기통이 참말 있다면…….

무엇이든 들어가는 쓰레기토~옹

간밤에 무슨 일이 있었냐고?

언젠가는 일어나지 않을까 걱정했던 일이 글쎄, 또 일어나고 말았어. 왜 걱정을 하면 걱정했던 일이 일어나게 되는 걸까. 아빠가 또 입원을 하셨어. 퇴원한지 육 개월 만이야. 석 달 동안 우리는 행복했어. 좀처럼 웃지 않던 엄마가 개그 프로를 보면서 내 어깨를 툭툭 치며 웃을 정도였지. 아빠의 얼굴이 몰라보게 좋아진 것을 보고 엄마와 난 기뻤어. 이제야 정말 우리 아빠가 돌아온 것만 같았지. 병원에 계실 동안은 술을 마시지 않잖아. 그래서 그런지 아빠는 얼굴이 환해 보였어. 사실 말인데 우리 아빠는 눈이 참 맑으셔. 엄마는 아빠의 호수 같은 눈 때문에 반해서 결혼하셨다고 했지 아마. 그런데 그 후 석 달 동안 도루묵이 되어버렸지 뭐야. 처음에는 엄마와 난 몰랐지. 아빠의 얼굴이 형편없이 변하고서야 비로소 알게 되었어. 평상시 다정하고 다감하던 아빠의 모습이 차츰차츰 바뀌는 거였어. 수염이 덥수룩하게 나고 얼굴이 거칠거칠한 산적으로 말야. 또 다시 술 드셨어요? 하고 엄마가 다짜고짜 물어 봤지. 아니라며 고개를 내젓는 아빠의 입에 술 냄새가 확 풍겨왔어. 갑자기 엄마가 엉엉, 다리를 버둥거리며 서럽게 우셨어. 술에 진탕 취한 아빠는 고개를 바닥으로 떨군 채 무언가를 노려보고 있었어.

연초록색 소주병들이 바닥에 뒹굴고 있었지. 아빠는 그 병들을 한참동안 노려보고 있는 거야. 나도 아빠처럼 입술을 깨물고 눈에 힘을 주고 있었지. 나도 모르게 말야. 아빠는 바닥에 나뒹구는 술병을, 나는 아빠를 노려보았어.

엉엉 우는 누리엄마...

엄마는 바닥을 치면서 소리 내어 울고. 도대체 엄마, 엄마는 왜 우는 거예요? 울지 마세요. 울 가치도 없어요. 모르셨던가요? 아빠가 또 다시 이럴지. 엄마는 희망을 가졌던가요? 이제 아빠가 영영 술을 마시지 않을 것 같았던가요? 그래서 그렇게 환하게 웃으셨던가요? 웃었던 만큼 더 크게, 더 많이 울게 되리라는 것을 모르셨던가요?

순진한 엄마.

하마터면 침이라도 칙 뱉을 것만 같았어. 아빠가 노려보고 있는 술병에 말야. 쉴 새 없이 술을 들이키고 있는 아빠를 설득해서 급하게 입원을 시키고 엄마는 자정쯤에 귀가를 하셨어. 내일 학교 가야 되지 않냐며 자라고 엄마는 힘없는 목소리로 내게 말을 거셨지만, 나는 아무 말도 하지 않았지. 그토록 끊겠다고 약속과 맹세와 숱한 결심을 해왔던 아빠는 이번에도 또 실패를 하고 말았어. 이제, 엄마는 혼자서도 빵을 잘 굽지. 이른 새벽 다섯 시에 일어나서 가게로 나가실 거야. 빵 만드는 일은 아빠를 따라올 수 없었던 한 때가 있었지. 지난 오년 동안 가게를 나갈 때보다 나가지 않을 때가 더 많은, 늘 헤롱헤롱 거리기만 하는 아빠. 아빠 대신 빵 굽는 일을 하면서 엄마는 빵 냄새가 참 좋다며 삶에도 이런 고소한 향기가 나면 얼마나 좋겠냐고 말하곤 하셨지.

그런 엄마한테서는 슬픈 냄새가 나.

엄마한테서는 슬픈 냄새가 나.

나태한의 **말**

야, 너 그 엠피 쓰리 볼륨 좀 안 줄일래? 안 줄이려면 나하고 같이 가지 말고 좀 멀찍이 떨어져 가든가! 야, 짜샤! 내 말이 말 같지 않아? 이 형님 말이 말 같지 않냐고!

내 동생보고 하는 소리다. 15살. 밉상꾸러기. 가끔 나는 가야의 머리통을 확 뒤집어 보고 싶다. 도대체 녀석은 무슨 생각을 어떻게 하며 살아가고 있는 걸까. 아무리 불러도 대답도 잘 하지 않는다. 열 번 부르면 한 세 번 정도 대답을 할까 말까. 뭘 하나 시켜도 제대로 해오는 일이 없다. 녀석은 내 말을 무시하는 것이 취미인가 보다. 언젠가 날을 잡아서 흠씬 두들겨 패 준 적이 있다. 그러다가 가볍게 왼쪽 귀 고막이 터졌다. 엄마가 내 등짝을 후려치며 너 마저 속 썩이면 집 밖으로 확 내쫓아 버리고 두 번 다시 널 안 보겠다고 했다. 그 말이 무서웠던 것은 아니었지만, 사실 우리 엄마는 나를 그렇게 하고도 남는다. 그것을 잘 알고 있는 나는 그 다음부터 가야를 다치게 한 적은 없었다. 행동으로 옮기지 못 하니까 점점 입이 거칠어지게 된다. 내가 욕을 하건 말건 가야는 상관하지 않는 눈치다. 아무런 말도 하지 않은 채 물끄러미 바닥만 쳐다본 채 걷고 있다. 웃기는 녀석. 나는 또 욕설을 씹어대는 것으로, 녀석을 부르는 것을 그만 두어 버렸다. 어차피 불러도 대답조차 하지 않을 테니까.

가야가 왜 저렇게 무표정하고 응답을 하지 않는 아이가 되었을까?

언젠가부터 귀를 닫아버린 가야..

생각해보면, 녀석이 처음부터 그러지는 않았더랬다. 자주 웃고 나하고 장난도 잘 치고 많이 까불까불 거렸다. 초등학교 때까지만 해도 그랬다. 그 때, 아빠는 잘 나가는 사업가였다. 종업원 수도 15명이나 되는 제조 공장을 운영하셨다. 우리는 자주 아빠 공장에 놀러가서 흰 진돗개 비구와 놀곤 했다. 눈부신 흰 털을 가진 비구는 우리 가족들, 직원들한테는 절대 짖지 않았다. 기가 막히게도 낯선 사람을 잘 알아보았다. 그러나 손님들한테 함부로 짖어 대지 않았다. 그만큼 똑똑했던 비구는 낯선 사람들 중에서 위험한 사람과 그렇지 않은 사람들을 잘 가려내었다.

위험한 사람들한테는 가차 없이 이빨을 드러내며 으르렁 거렸다. 그래서 비구는 아빠뿐만 아니라 직원들한테 애정을 듬뿍 받아 왔었다.

사업이 망해서 술을 많이 드셨던 걸까. 아니면 술을 마구 드셨기 때문에 사업이 망했던 걸까. 어떤 일들은 정확하게 앞과 뒤를 말하기 힘들다. 힘들 뿐만 아니라 동시에 따발총처럼 일어나게 된다. 어쨌든, 아빠는 밤 낮 가릴 것 없이 술을 마시기 시작했고, 잠시도 쉬지 않고 마시는 날이 점점 늘어났다. 직원들이 한 둘, 그만 두기 시작했다. 마침내 10년 동안 근무해 오던 김씨 아저씨가 술을 그만 마시지 않으면 내일부터 안 나오겠다며 우리 집을 찾아와서 애원조로 말을 해도 아빠는 술을 마셔댔다.

마음대로 해! 갈 테면 가! 가려면 가란 말야! 하나도 겁나지 않아! 라고 있는 대로 고래고래 고함을 질러대곤 했다.

 가리사니를 위하여

아빠와 비구의 첫 인사.

엄마가 아빠의 등짝을 휙휙 후려쳤지만, 아빠가 엄마를 와락 밀쳐서 엄마의 새끼손가락 하나가 부러지기도 했다.

김씨 아저씨가 안 나온 날, 아빠는 그렇게도 귀여워하고 아끼던 비구를 잡아다가 보신탕집으로 보냈다. 해장술과 보신탕이 아니라 비구탕을 먹고 돌아온 아빠한테서는 역겨운 냄새가 났다. 아빠의 눈빛에는 이상한 광채 같은 것이 어렸다. 공장 문을 닫고 나서 아빠는 더욱 더 술에 절여 살았다. 살았다? 그게 산 것이라 할 수 있을까? 아빠는 몬스터 같았다. 마시고 마실수록 욕을 하고, 엄마를 때리고, 물건을 부수는 괴물, 몬스터. 몬스터의 눈에는 보이는 것이 없다.

혓바닥을 내밀며 손등을 핥아주던 비구마저 먹어치우는 몬스터.

아들들도 몰라보고 발길질을 해대며 벌레 취급을 해대는 몬스터.

어제 밤에도 그랬다. 술을 진탕 마시고 들어와서는 또 술을 마셨느냐고 툭 쏘아 붙이는 엄마의 뺨을 때렸다. 엄마도 그렇지. 아무 말하지 않고 가만히 좀 계시지. 늘, 그렇게 앞질러서 말하고 나서는 바로 얻어맞는 것이다. 그래, 이년아, 잡것아, 마셨다, 어쩔래? 나는 귀를 막고 방으로 들어갔지만, 가야는 아무렇지도 않은 표정으로 음악만 듣고 있었다. 녀석이 듣는 음악이란 헤비메탈이 다이다. 고래고래 고함이나 질러대는 괴성의 음악들. 녀석의 마음에는 발악이 숨겨져 있을 것이다. 아무렇지도 않은 척 인상 한번 찌푸리지 않는 녀석의 얼굴 안의 얼굴에 말이다.

아빠와 비구의 마지막 인사.

웃기는 녀석, 지랄 같은 녀석. 이놈은 좋다고 어루만지고 쓰다듬던 자기가 키우던 개마저도 어느 날 술 쳐 먹고 와서 잡아먹을 놈이다. 몬스터 아빠처럼. 개만도 못한 짜식. 그러면서도 안 그런 척 표정하나 바뀌지 않고 고개를 끄덕끄덕 앞뒤로 흔들며 음악을 듣다니! 아아아악…… 건넛방에서 엄마의 비명 소리가 들려온다.

그래, 쳐봐라… 쳐서 죽여라 … 이놈아 … 뭐라고? 이 환장한 년이… 귀를 막아도, 머리를 비틀어도 소리는 울러 퍼진다. 쉴 새 없이 악다구니들이 집 안을 가득 채우고 있다.

처음 몇 번은 저 사이에 끼어들어 말린 적이 있었다. 말리면 말릴수록 엄마는 더 울부짖고 대들고 아빠보다 더 욕을 해댔다. 아마, 내가 방패막이 쯤으로 여겨졌나 보다. 아빠는 아빠대로 술기운을 진정시키지 못했다. 엄마는 절대 잠자코 있은 적이 없었다. 숫돌에 잘 갈린 칼처럼. 엄마는 영락없이 숫돌이고 아빠는 갈고 갈아서 날이 잘 선 칼 같았다. 그 사이에서 난도질 당하고 피를 흘리는 것은 나였다. 뜯어 말려도 어차피 소용 없다는 사실을 알게 되면서 나는 말리는 것을 그만 두었다. 내가 중간에 서서 말리지 않으면 오히려 상황이 빨리 끝마쳐지곤 했다. 그러니까 아빠가 술을 마시고 돌아와서 고함치고 벽을 주먹으로 몇 번 쾅쾅 치고, 욕을 함부로 내뱉는다.

귀를 막아도, 머리를 비틀어도..

엄마는 엄마대로 몇 번 악을 쓰고 얻어맞기도 하고, 내친 김에 욕설이 오가고 나서는 결국은 잠잠해지는 거였다. 내가 사이에 끼지 않으면, 그 과정이 조금이라도 줄어드는 것 같았다. 폭풍이 불다가 고요 해지는 것은 순전히 폭풍이 잠들 때이다. 아빠가 잠들면, 그때서야 집 안이 조용해지지만 그렇다고 해서 평화가 온 것은 아니었다.

휘몰아치는 바람들이 남겨두고 간 것은 후유증이다. 집 안의 분위기는 서걱거렸다.

가야와 나는 아침밥을 먹는 둥 마는 둥하고 나서곤 했다. 무슨 모래알을 가득 들이찬 것처럼 입 안도 버석거렸다. 어쨌든 가야, 이 녀석은 도대체 처음부터 집안 일에 아무런 관심이 없었다. 내가 이리저리 치여 가며 엄마와 아빠 사이를 말리더라도 녀석은 제 손가락과 머리를 끄덕거리며 괴성을 지르는 음악만 듣고 있을 뿐이었다. 녀석에게는 헤비메탈이 전부였다. 아무렇지도 않은 듯, 녀석의 그 무표정이 내 부아를 슬슬 올렸다.

"야, 임마. 뭐해? 너, 음악 들으면 다야?"

나는 녀석의 어깨를 툭툭 치다가 뒤통수를 한 대 갈겼다. 녀석은 로봇처럼, 아무런 반응도 하지 않았다. 야, 말자. 말아… 혼자서 중얼거리며 침대에 벌러덩 누워서 팔베개를 하고 천정을 쳐다보았다.

 가리사니를 위하여

형광등을 싸고 있는 동그스름한 갓이 유에프오처럼 보였다. 비행접시를 타고 날아올라 이곳을 떠날 수만 있다면…… 이 집을, 욕설을 하며 싸우고 있는 엄마 아빠를, 점점 무표정하게 변하는 어쩌면 외계인의 피가 돌고 있는 지도 모르는 가야를, 그리고 이 지구를…… 무슨 해괴한 노래처럼 엄마 아빠가 나누는 욕설이 들려오고, 소리가 점점 멀어져가고…… 마치, 하늘로 둥실 날아 오른 것처럼 몽롱해지고…… 그렇게 잠들었다. 어제 밤에 말이다.

아침에 일어나니 엄마는 나를 쳐다보지도 않은 채 식탁 위에 밥 있으니 먹고 싶으면 먹고 가라고 한 마디 툭 던졌다. 코를 심하게 드르릉 드르릉 골고 있는 아빠, 그리고 먼 발치에서 누워 벽 쪽을 바라보고 끙끙대고 있는 엄마, 가야는 냉장고 문을 열고 우유를 마시고, 나는 물만 한 잔 벌컥벌컥 마시고 나섰다.

우리는 인사도 하지 않고 현관문을 쾅 닫고 나왔다. 엄마는 아마 한 시간이 더 지나면 언제 그랬냐는 듯 진한 화장을 하고 보험회사로 출근을 할 것이다. 엄마의 유일한 낙은 회사 생활일 지도 모른다. 임마, 야… 나는 가야를 부르던 목소리를 낮춘다. 이어폰 볼륨을 최대치로 맞춰 놓은 녀석은 내 목소리를 들을 수 없거나 들으려 하지도 않을 것이다.

실은, 오늘이 아빠의 생신이다. 나는 벌써 새해 캘린더에다 크게 동그라미를 쳤었다. 아빠의 생신을 생신답게 맞아 본 적이 언제였던가. 엄마조차도 아빠의 생신을 준비할 생각조차 하지 않았다. 아빠는 스스로 생일 인 줄 기억은 할까? 5년 전만 해도 아빠의 친구들이 선물을 사들고 집에 찾아오곤 했다. 아빠 친구들은 짧은 내 머리를 쓸어주면서 용돈을 주기도 했다. 그런데 지금은 어림없는 일이다. 아빠는 늘, 늘, 늘, 술에 절여 살고 있는 것이다. 하지만 아빠는 아빠다.

가야는 오늘 아빠 생신이라는 사실을 알까? 나는 가야한테 물어보고 싶었다. 그래도 우리는 핏줄이 아닌가. 그런데 가야 요 녀석은 내 말을 계속 무시하고 고개를 푹 숙인 채 땅바닥만 보고 걷고 있다. 하여튼 쩝…

모퉁이를 막 돌고서 걷고 있는데, 아! 저기 누리가 오고 있다. 오른쪽 손을 조금 들어 아는 척 해줬다. 누리가 가볍게 고개를 끄덕인다. 왠지 누리의 얼굴이 푸석하다. 나처럼.

아빠가 없는 아빠의 생신.

도저히 참을 수가 없어.

하필이면 왜 음악 선생님은 교과서에도 없는 이 노래를 가르쳐 주셨을까. 감수성이 풍부하고 잘 웃는 선생님은 자주 팝송을 가르쳐 주셨지만, 그렇더라도 오늘 같은 날에. 하필이면 왜?

선생님이 치는 피아노 음에 맞춰서 〈Luther Vandross의 Dance with my father〉를 함께 불렀지.

옛날 내가 어린아이였을 때
살아가면서 모든 순수함을 잃어버리기 이전에
아빠는 나를 높이 들어 올려주시고
엄마와 함께 춤을 추곤 하셨죠
그리고 나서 아빠는
내가 잠이 들 때까지 날 안고 흔들어주셨어요
그리고 위층 침대로 데려가 누이셨지요
난 사랑받고 있음을 분명히 알았어요

내가 만일 그런 기회가 다시 있다면
아빠와 다시 춤을 출 수 있다면
난 결코 끝나지 않을 노래를 부를 거예요
아빠와 다시 춤을 출 수 있다면
정말 정말 좋을 거예요..
아빠와 다시 한 번 춤을 춘다면

내가 하고 싶은 것을 하려다가
엄마에게 꾸중을 들을 때면 난 아빠에게 달려가곤 했어요
아빤 위로해주려고 날 웃음 짓게 했어요
그리고 나서 결국엔 엄마가 말씀하신 것을 하게 하였죠
그날 밤 내가 잠들었을 때
아빠는 이불 밑에 1달러를 넣어두셨어요

아빠가 날 떠나리라고는 전혀 꿈꾸어 본 적이 없어요
마지막으로 아빠를 한 번 더 볼 수 있다면
아빠와 한 번 더 스텝을 밟을 수 있다면
아빠와 한 번 더 춤을 출 수 있다면
난 결코 끝나지 않을 노랠 부를 거예요
난 다시 아빠와 춤을 추는 걸
간절히 바라기 때문이죠
때때로 난 문 밖에 소리를 듣곤 했어요
아빠 때문에 어머니가 우는 걸 들었죠
난 나보다도 엄마를 위해 기도를 해요
나보다도 엄마를 위해 기도를 해요

아주 많은 것을 위해 기도하고 있는 걸 알아요
하지만 엄마가 사랑하는 유일한 남자를 돌려 보내주시겠어요
당신이 대개 그렇게 하지 않는다는 걸 난 알아요
하지만 오, 아빠와 다시 춤을 추기 위해 엄마는 죽어가고 있어요
매일 밤, 잠이 들면 이제까지 난 이것만 꿈을 꾸는 거예요

 제1장 아빠는 몬스터

어린 시절 아빠와의 추억

아빠와 다시 한번 춤추고 싶어요.

눈물이 솟구쳐 올라와 견딜 수가 없었어. 나도 모르게 눈물이 주루룩 흘러내리고 있었어. 눈물은 도대체 어디에서 감춰져 있다가 이렇게 폭포수처럼 흘러내리는 걸까. 도저히 멈출 수가 없을 지경이었어. 아빠는 어릴 때 아빠의 발등 위에 나를 올려다 놓고 한 스텝 한 스텝씩 춤을 추듯 걷곤 하셨지. 아빠의 발등은 넓고 따뜻했어. 호흡을 맞춰가며 아빠와 한 몸이 되어 방 안을 걸어 다니는 것이 즐거웠지. 그런 아빠가 지금은, 내 곁에 없어. 그토록 자상하고 다정하던 아빠는 도대체 어디로 가버린 걸까? 내가 우니까 아이들이 웅성거렸어. 급기야 선생님도 알아차리고 다가오셨지. 책상 위에 엎드려 울고 있는 내 등을 톡톡 치며 어디 아프냐고 물어 보셨지. 아니라고 고개를 젓고 싶었는데 그러지도 못 했어. 고개를 들 수조차 없었지. 눈물이 앞을 가려서 아무 것도, 정말 아무 것도 보이지 않았거든. 세 번째 입원한 아빠. 알코올중독자라는 꼬리표가 달린. 도대체 아빠는 어쩌다가 이렇게 된 것일까.

점심 급식 시간. 식판에 밥을 받고, 내가 좋아하는 잡채가 나왔는데도 나는 제대로 먹지 못 했어. 목에 뭔가가 꽉 들이찬 것 같아서 넘어가지 않는 거였지. 한 숟갈을 뜨다 말고 숟가락을 도로 내려놓았어. 그러고는 중앙 현관으로 나와 운동장 스탠드에 앉아 있었어. 흰 손수건 같은 새 한 마리가 훌훌 날고 있었지. 내가 쳐다보고 있자 이내 저편, 산 너머로 날아가 버렸어. 하늘은 맑았지만 한번 터지기만 하면, 하늘이 내 마음처럼 울 수도 있을 거라는 생각이 들었어. 나는 똑바로 눈부신 태양을 노려보았지.

있는 대로 인상을 찌푸리면서 말야. 그런데 결국 고개를 돌려야 했지. 햇살이 따갑게 내 눈을 쪼아대고 있었어. 별안간 누군가 내 어깨를 툭 치는 거야. 깜짝 놀라 뒤를 돌아보았지. 태한이었어. 오늘 아침, 등굣길에도 만났더랬지. 점심을 먹었냐고 물어봐서 간단하게 응, 이라고만 대답했어. 태한이가 나더러 슬퍼 보인다고 했지. 나는 아무 말도 할 수 없었어. 목에 뭔가 단단한 것이 걸려 있었거든. 그것은 명치끝에서부터 시작되고 있었어. 보이지 않는 몽우리가 선 것만 같았지.

아무 말을 하지 않자 태한이가

"왜 울었는지는 모르겠지만, 나도 눈물이 나더라. 아까, 그 노래 말야."

라고 먼저 말하는 거였어.

"왜?"

이번에는 내가 아무렇지도 않은 얼굴로 물어 보았지. 태한이가 힘이 빠진 목소리로

"우리 아빠 생각이 나서……"

라고 했어. 뭐, 그런 말에 신경 쓸 내가 아니었지만, 나는 또 물어 보았지.

"아빠가 멀리 계셔?"

태한이가 고개를 가로 저었지.

"늘 곁에 있어도, 곁에 없는 거랑 같아. 우리 아빠는 말야… 제기랄."

 제1장 아빠는 몬스터

태한이가 갑자기 욕을 했어. 나는 눈을 동그랗게 뜨고서 태한이의 얼굴을 빤히 들여다보았어.

"술 때문에 말야. 에이 씨. 이런 말은 안 하려고 했는데……
그냥 튀어 나오네……"

태한이가 고개를 돌린 채 뇌까리듯 말을 뱉었어. 나는 눈꺼풀을 몇 번 깜박여대며 그렇게 말하고 있는 태한이의 입만 쳐다보고 있었어.

"술? 술이라고 그랬니? 지금?"

태한이가 고개를 끄덕거렸어. 아 … 나도 모르게 낮은 신음 소리를 내고 말았어. 갑자기 서럽게 차올랐던 응어리진 것들이 풀풀 풀어지면서 뜨거운 물이 차오르는 듯한 느낌이 들면서 눈물이 괴는 거야.

그러니? 너도 …나처럼. 아빠가 계셔도, 마치 안 계신 것처럼. 옛날의 그 다정했던 아빠가 어디론가 사라진 것처럼. 그러니? 너도? 나는 아랫입술을 잘근잘근 깨물고 있었어. 우리는 동시에 고개를 바닥에 툭 떨어뜨렸지. 툭. 맑은 하늘에 가느다란 선을 긋듯 비가 오고 있었어. 이걸 보고 호랑이가 장가가는 비라던가?

아빠가 계셔도, 마치 안 계신 것처럼.

 제1장 아빠는 몬스터

누리의 표정을 보고 있으면 거울을 보고 있는 것만 같아. 얼굴에 깔려있는 우울이 익숙해서 말야. 낯익은 슬픔이란 얼마나 가련한 말인지. 온통 헝겊을 덕지덕지 붙여서 기운 낡은 옷을 걸치고 있는 것만 같아. 그래서일 거야. 누리한테 다가가서 말을 건 것은. 별안간 지금쯤 술기운에 잠들어 있을 우리 아빠에 관해 얘기한 것은. 아직, 아무리 친한 친구한테도 말한 적이 없었던 우리 아빠의 술 문제 말야. 십 년 전부터 계속되어 온 술 문제. 아무리 말려도 듣지 않는, 마치 딴 사람이 되어버린 아빠. 아빠는 스스로 알코올 중독자라는 사실을 알긴 하는 걸까? 도대체 아빠는 왜 그다지도 술에 집착을 하는 걸까? 혹시 할아버지 때문일까? 내가 태어나기도 전에 돌아가셨다는 할아버지. 늘 고주망태로 폭력을 휘두르며 주사가 심했다는 할아버지. 아빠는 어릴 때부터 그런 할아버지의 모습을 본받아 왔던 것일까? 자신도 모르는 사이에. 가랑비에 옷이 흠뻑 젖듯이. 그랬을까?

아빠의 술 문제에 관해서 말해 놓고도 나는 괜히 말했다는 생각은 들지 않았다. 스탠드에 우두커니 앉아 있던 누리가 내 얼굴을 빤히 보면서 말했다.

거울을 보는 것 같은 너와 나.

 제1장 아빠는 몬스터

"나도 그래."

"뭐라고? 뭘 그렇다는 거니? 그럼, 너희 아버지도 술 문제?"

누리는 고개를 끄덕였다.

"어제 밤에 세 번째 입원을 하셨어."

아… 나도 모르게 신음 소리가 입 밖으로 흘러 나왔다. 그래서 울었구나. 음악 시간에. 그리고 지금도 보이지 않는 얼굴들이 눈물에 젖어 있구나. 나는 누리의 마음이 훤히 들여다보이는 것만 같아서 눈물을 흘리는 것은 아니었지만, 눈 주위를 손등으로 훔쳤다.

도대체, 알코올 중독이란 뭐지? 도대체…… 왜 우리 아빠는 오 년째 헤어 나오지 못 하고 있는 걸까? 그렇게 다정한 아빠가 왜 늘 술에 찌들어서 늘 바닥만 보고 사는 걸까.

누리가 참았던 오열을 터트리듯 말을 했다.

"야, 우리 이러지 말고 한번 찾아볼래? 도대체 왜 그런지? 알코올 중독이란 어떤 병이고 도대체 고칠 수 있긴 한 건지? 나는 늘, 정말 궁금했어. 우리 할아버지가 술 문제가 심각했다지 아마. 내가 태어나기도 전에 돌아가셨긴 했지만 말야. 주사가 심하셨대. 그래서 우리 아빠가 술만 마시면 폭력을 쓰는 걸까? 술을 많이 마시기 전에는 그러지 않았는데 말이지. 어때? 컴퓨터실에 가서 인터넷으로 찾아보는 건?"

내 말이 끝나자마자 누리가 벌떡 일어서며 내 어깨를 가볍게 툭 쳤다.

"오케이… 좋은 생각이야. 정말, 나도 궁금한 게 많았어."

일과 수업을 마친 뒤, 저녁을 대충 때우고 누리와 나는 컴퓨터실로 달려갔다. 한산한 시간이어서 그런지 컴퓨터실을 이용하는 아이들이 그다지 많지 않았다. 우리는 나란히 자리를 잡고 앉았다.

"어디로 가서 어디를 검색해야 하지?"

누리가 걱정스러운 얼굴로 말했다.

"글쎄… 아빠가 단골로 입원하는 병원이 있는데… 그 곳 홈페이지가 아마 잘 되어 있을 거야. 그곳으로 한번 가보지 뭐. 음 … 검색창에 〈한사랑병원〉이라고 치고…"

내가 짐짓 잘 안다는 투로 말을 하며 손가락으로 자판을 툭툭 쳤다.

"야, 정말… 너희 아빠가 한사랑병원에 입원을 하신 적이 있니?"

내 말이 끝나기 무섭게 누리가 다잡아 묻듯 말하는 거였다.

"응, 왜? 혹시 너희 아빠도?"

검색을 하다 말고 내가 누리의 얼굴을 흘낏 쳐다보았다. 누리가 천천히 고개를 끄덕였다.

갑자기 웃음이 나왔다. 세상이 참 좁구나. 우리는 학교 급우이지만, 우리들의 아빠는 병원 동기 환우들이겠구나. 그런 생각을 하니 좀 씁쓸했다. 아마 누리도 나와 같은 생각을 하고 있는지 웃다가 말고 입을 다물었다.

"아, 저기 창이 뜨네... 김해 한사랑병원 홈페이지…"

http://www.han-sarang.or.kr

http://www.han-sarang.net

http://www.한사랑병원.kr

누리가 가리키는 대로 클릭을 했다. 병원의 전경이 한눈에 펼쳐진 홈페이지로 들어가 오른쪽 상단의 〈가족 공간〉 안에 〈가족 상담실〉을 클릭해서 살펴보았다.

 제1장 아빠는 몬스터

문화와 웰빙이 공존하는 알코올 중독 치료병원

중독증에 대한 이해

궁금해요 1. 중독증이란 어떤 병일까요?

술을 조금이라도 마시는 모든 사람은 음주자라고 볼 수 있습니다. 그러나 대부분의 음주자는 술로 인해 문제가 발생하지 않는 사회성 음주를 합니다. 하지만 일부 음주자들은 사회성 음주에서 머물지 못하고 문제성 음주로 넘어가게 됩니다.

최근의 연구들에 의하면 우리나라 성인인구 중 12%는 음주로 인해 사회, 직업, 가정 활동에 문제가 생기는 알코올 남용에 해당되며 또한 성인인구 중 10%는 알코올 남용단계에서 더욱 진행하여 술을 적당히 마실 수 없는 조절력 장애와 술기운이 빠질 때면 손 떨림, 불안, 초조, 불면, 환각 등의 금단증상이 나타나는 알코올 의존에 해당된다고 합니다.

흔히 얘기하는 알코올중독은 바로 이 알코올 의존을 말합니다. 이처럼 알코올중독은 지속적이고 과다한 음주로 인해서 신체건강, 정신건강 및 사회생활, 가정생활에 여러 가지 문제를 일으키게 되며 치료하지 않으면 더욱 진행되어 결국에는 치명적인 결과를 낳는 질환이라 할 수 있습니다.

자, 그럼 여러분 가족의 음주는 어디에 속하는지 알아볼까요?

한국형 알코올중독 선별검사법(AUDIT-K)

본 검사는 세계보건기구가 개발한 10개 문항으로 구성된 검사도구로 국내실정에 맞게 수정된 자가진단 검사법입니다. 아래의 질문을 읽으시고 해당되는 곳에 O표하여 주십시오.

가. 검사항목

질 문	0점	1점	2점	3점	4점
1. 얼마나 자주 술을 마십니까?	전 혀 안마심	월 1회이하	월 2~4회	주 2~4회	주 4회
2. 술을 마시는 날은 한 번에 몇 잔 정도 마십니까?	전 혀 안마심	소주 1~2잔	소주 3~4잔	소주 5~6잔	소주 7~9잔 (10잔이상5점)
3. 한번의 좌석에서 소주 한 병 또는 맥주 4병 이상 마시는 경우는 얼마나 자주 있습니까?	없음	월 1회미만	월1회	주1회	거의 매일
4. 한번 술을 마시기 시작하면 멈출 수 없었던 때가 1년 동안 얼마나 자주 있었습니까?	없음	월 1회미만	월1회	주1회	거의 매일
5. 지난 1년간 평소 같으면 할 수 있었던 일을 음주 때문에 실패한 적이 얼마나 자주 있었습니까?	없음	월 1회미만	월1회	주1회	거의 매일
6. 지난 1년간 술 마신 다음날 일어나기 위해 해장술이 필요했던 적은 얼마나 자주 있었습니까?	없음	월 1회미만	월1회	주1회	거의 매일
7. 지난 1년간 음주후에 죄책감이 든 적이 얼마나 자주 있었습니까?	없음	월 1회미만	월1회	주1회	거의 매일
8. 지난 1년간 음주 때문에 전날 밤 일이 기억나지 않았던 적이 얼마나 자주 있었습니까?	없음	월 1회미만	월1회	주1회	거의 매일
9. 음주로 인해 자신이나 다른 사람이 다친 적이 있습니까?	없음		있지만 지난1년간 없었음		지난1년 간있었음
10. 친척이나 친구, 의사가 당신이 술 마시는 것을 걱정하거나 당신에게 술 끊기를 권유한 적이 있었습니까?	없음		있지만 지난1년간 없었음		지난1년 간있었음
총 점					

나. AUDIT-K 검사결과

점수	0-8점	9-12점	13-19점	20점 이상
평가	○ 정상음주	○ 위험음주수준으로 주의를 요함 - 향후 음주로 인한 문제가 발생할 가능성이 있음 - 적정음주 실행하는 것이 좋음	○ 고위험음주 혹은 잠재적인 알코올사용장애 환자임 - 신체적, 정신적 건강이상이나 행동상의 문제가 나타나는 수준 - 전문의 진찰을 받는 것이 필요함	○ 알코올사용장애환자임 - 알코올 의존 상태임이 강력히 시사됨. - 전문의의 진찰을 받고 전문화된 치료를 시작하는 것이 필요함

중독은 자가진단 및 가족평가가 가능하며,
문제가 있는 것으로 파악될 시 조기치료가 필수적입니다.

많은 사람들은 알코올중독이 단순한 성격의 문제이거나 주위 환경이나 스트레스 때문에 의지력이 약한 사람에게 생기는 현상으로 알고 있습니다. 하지만 알코올중독은 타고난 유전적 요인(술 체질)과 후천적인 심리상태, 사회환경, 문화적 요인 등이 복합되어 발생하는 병으로, 내과적 신체 질병인 당뇨, 고혈압 등과 유사한 질병입니다.

유전적인 요소는 중독과 관련하여 가장 강력한 원인으로 뇌의 보상체계와 연관되며 지속적이고 장기적인 음주로 인한 뇌 보상체계 손상이 발생하는 뇌질환입니다. 연구에 의하면 알코올중독자의 자녀는 중독자가 될 위험이 일반인의 자녀보다 4배 이상 많다고 합니다. 알코올중독자의 자녀를 중독자가 아닌 사람이 양자로 키우더라도 역시 중독자가 많이 생깁니다. 유전자가 동일한 일란성 쌍생아에서는 한 아이가 중독자인 경우에 다른 아이도 중독자일 가능성이 높습니다.

알코올중독자가 되기 쉬운 사람의 체질은 술의 대사가 빨라서 술을 많이 마셔도 취하지 않는 경우, 술이 정신에 미치는 효과가 훨씬 높아서 술을 마시면 다른 사람에 비해 기분이 아주 좋아지는 경우입니다.

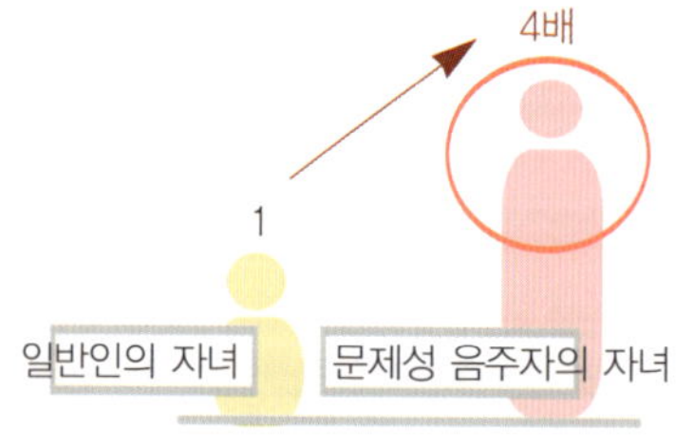

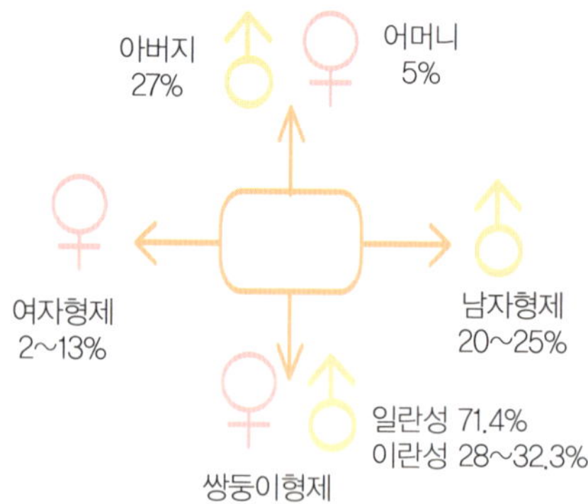

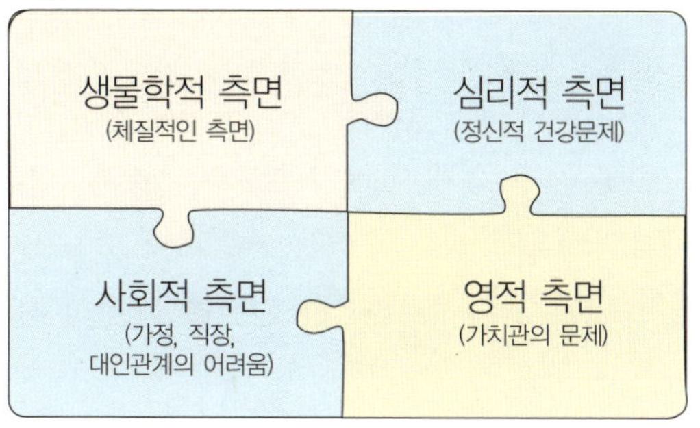

또한 심리적인 요인으로는 자기중심적이고 의존성이 강한 사람, 긴장이나 불안을 많이 느끼는 사람, 수동적이고 내성적인 사람, 화가 나도 겉으로는 잘 표현을 못하는 사람, 열등감이 많은 사람, 성장과정에서 정신적인 스트레스를 많이 경험한 사람, 정신질환이 있는 사람 , 일반적인 스트레스 상황에서 적절한 대처방법을 찾지 못하며 음주를 통하여 해결하려는 경향을 가진 사람이 해당되며 **사회문화적 요인**으로는 혼자 술 마시는 것을 이상하게 생각하지 않는 사회분위기, 술에 대해 관대한 문화(언제, 어느 곳에서든 마실 수 있다), 술에 대한 특별한 규범이 사회, 술 취하는 것을 어리석게 생각하지 않고 취중의 나쁜 행동에 대해서 관대한 주변인들, 불안과 긴장 등을 해소할 목적으로 혹은 즐겁게 놀 목적으로 술을 사용하는 문화가 해당됩니다.

알코올중독은 타고난 유전적 요인에 심리적,
사회 환경적 요인이 복합적으로 작용하여 발생합니다.

궁금해요 3. 술을 안 마시면 잠을 잘 수 없는데 어떻게 해야 하나요?

알코올은 초기에는 잠을 잘 수 있게 다소 도움을 주지만 결국 수면의 질을 떨어뜨리고 잠을 자주 깨게 만들어 음주를 지속할 경우 오히려 수면에 악영향을 가져오게 됩니다.

금단 증상으로 불면증이 야기될 수 있어 수면 장애의 악순환이 지속될 가능성이 있습니다.

잠이 안 올 때는 술이 명약 ?

· 술을 마시면 쉽게 잠이 드는 것 같으나, 수면 구조에 악영향을 미쳐 자주 잠에서 깨고, 자더라도 얕은 잠을 자게 합니다.

· 충분히 잠이 들면 고르게 나타나는 수면 상태인 급속안구운동수면(REM)과 아래 도표에서 보이는 4단계 수면이 감소하여 자주 잠에서 깨는 현상이 나타나게 됩니다.

· 또한 금단 증상으로 술을 마시지 않으면 잠이 오지 않는 현상이 나타나기도 합니다.

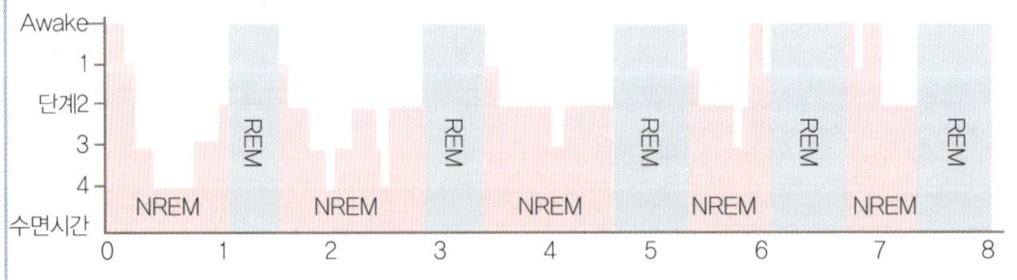

'잠이 안 와서 술을 마시게 되었어요'
(수면장애로 음주 시작 후 중독 단계로 진행 사례)

예시 1 : 38세 여자 환자인 김불면 씨는 남편과 시댁으로 인한 스트레스로 가슴 답답함, 두근 거림, 불안, 수면장애 등을 경험하였으며 이를 없애기 위해 저녁에 소량씩 음주를 시작하게 되었습니다. 이후 점차 매일 술을 마시지 않으면 잠을 잘 수 없는 상태가 지속되었고 알코올 중독 단계에 이르게 되었습니다. 이에 가족과 함께 병원에 내원하여 수면장애에 대한 치료가 시작되었으며 수면상태가 회복되자 중독증도 점차 회복되는 과정을 보이게 되었습니다.

'술을 안 마시면 잠을 못 자요'
(중독 후 이차적 수면장애로 음주 악순환 과정 사례)

예시 2 : 60세 남자 환자인 김중독 씨는 수십 년간 지속된 음주 문제와 이로 인한 수면 장애 양상 동반으로 알코올 중독과 수면장애 악화가 반복되는 악순환 과정을 지속하였습니다. 이후 음주를 하면 충동적이고 난폭한 행동 문제까지 발생되어 부인과 자녀의 권유로 병원에 입원하였습니다. 입원 후 금주 기간 동안 불면증이 심하게 발생하여 수개월간 많은 용량의 수면장애 치료약물을 복용하면서 금주를 유지한 결과 점차 회복되는 경과를 보이게 되었습니다.

술은 결과적으로 수면에 전혀 도움이 되지 않으며 오히려 수면장애를 일으킵니다.

 **궁금해요 4.** 취중 행동이 사람마다 다른 것은 왜 그럴까요? 평소에는 말이 없는 사람이 술만 마시면 폭군으로 변하는 건 왜 그럴까요?

많은 사람들이 술도 일종의 음식이라고 생각합니다. 그러나 술은 약간의 열량이 있을 뿐 영양소는 전혀 없으며 주로 사람의 기분을 변화시키는 작용을 하는 약물입니다. 이러한 약물인 술은 뇌의 화학물질과 뇌 기능을 변화시킵니다. 특히 알코올은 중추신경계를 억제하는 특성을 가지고 있으며 이러한 술에 의한 뇌의 중추신경계 억제 효과는 일반적으로 대뇌의 통합 기능을 가진 부위부터 나타납니다. 술에 의한 행동의 변화는 개인에 따라 뇌의 어떤 부위가 가장 예민하게 영향을 받느냐에 따라 달라집니다.

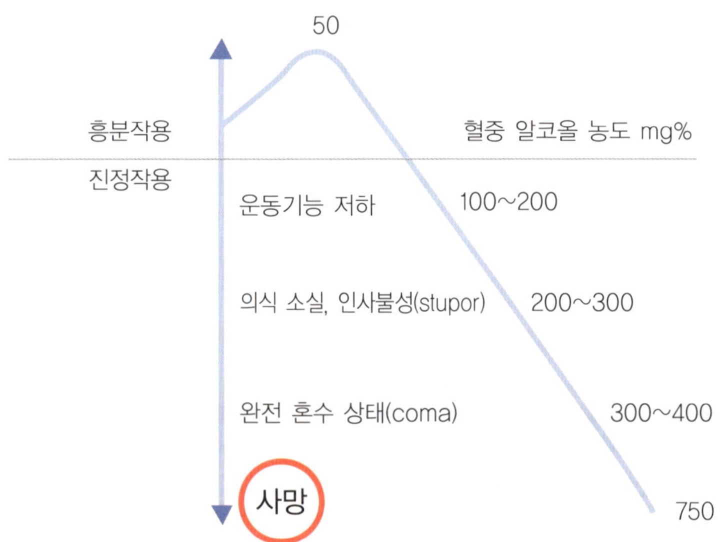

사람을 변화시키는 술의 힘

마신양	혈중알코올 농도(%)	취한 상태	취하는 기간구분
2잔	0.02–0.04	기분이 상쾌해짐, 피부가 빨갛게 됨, 쾌활해짐, 판단력이 조금 흐려짐.	초기
3~5잔	0.05–0.10	얼큰히 취한 기분, 압박에서 탈피하여 정신이완, 체온상승, 맥박빨라짐.	손상가능기
6~7잔	0.11–0.15	마음이 관대해짐, 상당히 큰 소리 냄, 화를 자주 냄, 휘청거림.	완취기
8~14잔	0.16–0.30	갈지자 걸음, 호흡이 빨라짐, 같은 말을 반복해서 함, 메스꺼움을 느낌, 구토.	만취기
15~20잔	0.31–0.40	똑바로 서지 못함, 말할 때도 갈피를 잡지 못함.	혼수상태
21잔 이상	0.41–0.50	흔들어도 일어나지 않음, 대소변을 무의식중에 배설, 호흡을 천천히 깊게 함.	사망가능

1. 충동 억제 중추가 술에 예민한 사람	흥분, 공격적 행동을 보임
2. 통합 기능 부위가 예민한 사람	판단력, 기억력, 집중력이 떨어짐
3. 각성 중추가 예민한 사람	술만 마시면 잠을 잠
4. 감정 조절 중추가 예민한 사람	주위와 무관하게 웃거나 우는 양상을 보임

술은 개인에 따라 다양한 형태의 문제 양상들이
동반될 수 있습니다.

알코올 중독이 지속되면 여러 가지 심리적인 어려움들(불안, 수면, 우울 장애 등)이 동반되며 음주 문제를 악화 시키는 악순환의 과정으로 진행됩니다.

중추신경계 억제제인 술을 마시면 일시적으로 행복감을 느끼게 됩니다. 하지만 혈중 알코올 농도가 떨어지면 다시 피곤해지고 기운이 없어집니다. 이런 상태가 반복되다 보면 우울증과 절망에 빠질 수도 있습니다.

우울증은 우울한 기분에 빠져 의욕을 상실한 채 무능감, 고립감, 허무감, 죄책감, 자살충동 등에 사로잡히는 증상들이며, 누구에게나 일어날 수 있는 '마음의 감기' 라고 할 수 있습니다. 술 한 잔으로 기분이 좋아진다고 믿는다면 우울한 기분이 들 때마다 술을 마시고 싶어질 것입니다.

이런 사람들은 이유 없이 갑자기 우울해지고 비관적인 기분이 드는 우울증에 걸리기 쉽습니다. 우울증이 너무 심각하다고 생각되면 전문가와의 상담과 추가적인 다양한 치료가 필요합니다.

예시 : 45세 여자 환자인 이우울씨는 수개월간 지속되며 수년간 반복되는 기분과 의욕저하, 피로감, 즐겁지도 않고 삶의 의욕도 없고 신문이나 매스컴에서 나오는 자살 이야기를 들으면 자신도 죽고 싶다는 마음이 자꾸 드는 우울증 양상이 있어 왔습니다. 이런 우울감을 남편에게 이야기를 하여도 "너무 편해서 그렇다. 네 성격이 문제니 성격을 바꾸라"는 답을 듣게 되었고 그럴 때마다 자신의 고통과 괴로움을 이해받지 못한다는 절망감으로 반복적으로 음주를 하였습니다. 그러던 중 술이 취한 상태에서 집에서 목을 매려고 하고 옥상 베란다에서 뛰어 내리려 하고 약

물을 과다복용 하는 자살시도 등으로 종합병원 응급실에 방문한 후 중독 전문병원에 입원하였고 약물치료와 상담 및 주위 환경의 도움, 가족들의 병에 대한 이해로 우울증이 호전되었으며 알코올 중독 문제도 동시에 호전되어 현재 건강하고 밝은 모습으로 외래 치료를 유지하고 있습니다.

술이 기분에 미치는 영향

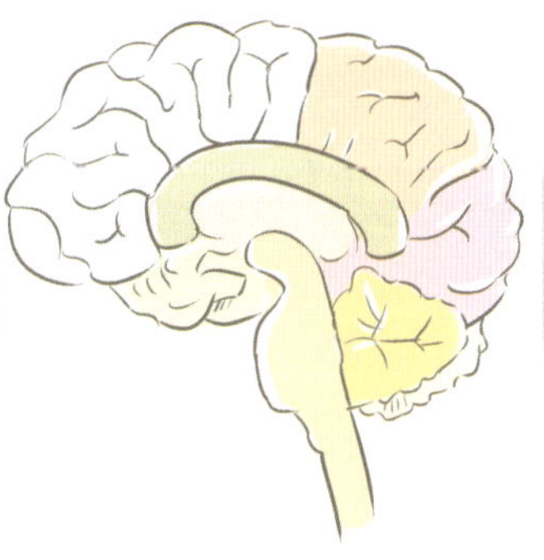

음주로 인하여 이차적 우울증이 발생하기도 하고, 반대로 우울증으로 인하여 알코올 중독이 발생하기도 합니다. 우울증과 알코올중독은 서로 간에 부정적인 영향으로 전문적인 평가와 치료가 필요합니다.

술과 인체

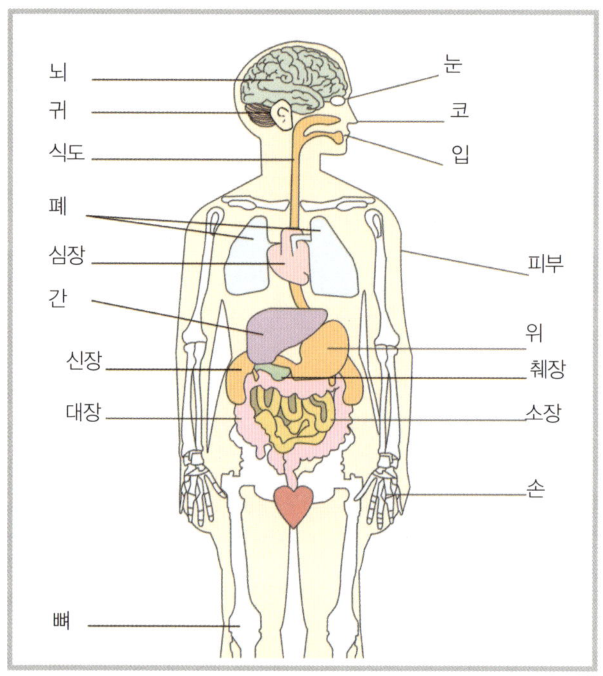

중추신경계 : 베르니케 – 코르샤코프 증후군, 알코올성 치매

인두 : 만성인두염, 인두암

식도 : 말로리 웨이즈 증후군, 식도염, 식도암

호흡기계 : 폐렴, 폐결핵, 만성 폐쇄성 폐질환, 기관지 확장증

심혈관계 : 심부전, 심근염, 부정맥, 고혈압

간 : 지방간, 알코올성 간염, 간경화

췌장 : 급성 및 만성 췌장염, 당뇨

십이지장 : 십이지장염, 십이지장궤양

위장 : 급성 위궤양

대장 : 만성설사, 대장염, 대장암

하지 : 말초 신경염, 대퇴골두괴사

생식기관 : 남자 – 발기능력 저하, 고환위축

　　　　　　　여자 – 무월경, 불임, 난소 크기저하, 자연유산

알코올 중독은 신체적 문제 뿐만 아니라 다양한 문제를 일으킵니다.

알코올중독은 환자 자신의 문제뿐만 아니라
가족, 사회, 국가적으로 심각한 문제가 발생하는
치명적인 질환입니다.

후유~

우리는 동시에 긴 한숨을 쉬었다. 마음이 착잡했다.

이렇게 복잡하고 다양한 문제가 있는 병이 알코올 중독이라니... 술을 마시는 한 누구도 안심할 수 없다니.. 많은 정보를 한꺼번에 읽자니 머릿속이 어질해질 정도였다. 그렇더라도 이해되는 것은, 우리 아빠가 단순한 괴물이 아니라는 사실이다. 술 마시기 전과 후는, 아빠는 정말 달랐다. 술만 들어갔다 하면, 아빠는 괴물로 변하곤 했다. 그게 너무도 두렵고 싫었다. 원망과 저주가 저절로 나왔더랬다. 그 괴물 같던 아빠의 모습은 본 모습이 아니고 알코올 중독이라는 병 때문이라는 사실을 비로소 알게 되었다.

컴퓨터실 문을 열고나서니 야간 자율학습을 알리는 음악 소리가 울러 퍼지고 있었다. 파헬벨의 캐논을 들으며 우리는 통통 뛰었다.

닮은 꼴 우리, 너와 나.

이것만은 꼭 알아둡시다.

1. 알코올중독은 지속적이고 만성적이며 심각한 문제들을 발생시키는 질환입니다. 중독은 진행하는 특성을 가지며, 전반적으로 악순환하는 과정과 양상을 보입니다.
중독은 자가진단 및 가족평가가 가능하며, 문제가 있는 것으로 파악될 시 조기치료가 필수적입니다.

2. 알코올중독은 타고난 유전적 요인에 심리적, 사회환경적 요인이 복합적으로 작용하여 발생합니다.

3. 술은 수면에 전혀 도움이 되지 않으며 오히려 수면장애를 일으킵니다.

4. 술은 개인에 따라 다양한 형태의 문제 양상들이 동반될 수 있습니다.

5. 음주로 인하여 이차적 우울증이 발생하기도 하고, 반대로 우울증으로 인하여 알코올중독이 발생하기도 합니다.
우울증과 알코올중독은 서로간 부정적인 영향으로 전문적인 평가와 치료가 필요합니다.

6. 알코올중독은 환자 자신의 문제뿐만 아니라 가족, 사회, 국가적으로 심각한 문제가 발생하는 치명적인 질환입니다.

제 2 장

꿈이 없는 아이들...

적막이다. 아빠가 없는 집은 참 고요하다.

엄마도 나도 별로 말을 잘 나누지 않는다. 아빠가 계실 때는? 물론 다르다. 그래도 육 개월 넘는 기간 동안 단주를 했던 아빠는 엄마와 나를 곧잘 웃기셨다. 텔레비전을 봐도 아빠와 함께 보면 뭔가가 달랐다. 한 마디씩 툭툭 던지는 것이 마치 탁구공을 치듯 가볍고 유쾌했다.

그랬다. 우리의 대화는 마치 가벼운 탁구 공을 툭툭 날리는 것 같았다. 한 마디로 아빠와 나는 잘 통했다. 아빠는 빵을 부드럽게 반죽하듯 세상을 말랑말랑하게 반죽하는 것 같았다. 아빠한테 친구들 얘기, 고민 얘기를 할 때도 많았다. 그럴 때마다 아빠는 아빠 식으로 잘 주물러서 멋진 반죽을 해서 내 앞에 척 내놓는 거였다. 그 말랑말랑한 힘이 내게 얼마나 도움이 되었는지 모른다. 물론, 아빠에 관한 이 말들은 죄다 술에 찌들기 전 아빠의 모습이다. 그런 아빠가 입원한지 벌써 이틀째다. 엄마도 나도 아무런 표정 없이 참외를 깎아 먹으면서 앉아 있었다. 텔레비전 소리만 왕왕 거렸다. 그 안에서는 정해진 대로 소리를 지르다가 정해진 대로 화해를 하고 정해진 대로 웃고 떠들고 있었다.

말랑말랑 꿈을 굽는 아빠.

우리의 삶도 이미 정해진 걸까? 아니면 정해진 것들과 정해지지 않는 것들을 잘 버무려서 반죽하면 되는 걸까? 희망을 생각하자면, 버무리고 반죽할 수 있다는 쪽으로 택해야겠지만, 이미 정해져서 고정된 바꿀 수 없는 것이 삶이라는 생각이 자꾸만 든다. 내 의지와 의사와 무관하게 정해진 삶이란 얼마나 비참한가. 어차피 실컷 노력을 해도 바뀌지 않을 바에야 노력을 할 필요가 있을까? 변하지 않는 유전인자처럼. 아무리 발버둥 쳐도 변하지 않는 것이 삶이라면?

과연 꿈을 가질 필요가 있을까?

그래서 일 것이다. 오늘, 학교에서 장래희망, 꿈을 적어서 제출하라는 담임의 말에 나는 빈 종이를 그대로 냈다. 뭔가를 잔뜩 적어낸 아이들의 종이를 받아서 나가던 담임이 종례시간에 들어와서 앙칼진 목소리로 불렀다.

"해누리, 나태한."

느닷없이 내 이름을 부르는 바람에 나는 책상 위에 엎드려 종이 위에 낙서를 하고 있다가 놀라 고개를 쳐들었다.

"너희는 꿈이 없니? 누리는 아예 백지이고, 태한이 너는, 없습니다라고 적어 놓았으니… 너희는 대체 어떻게 된 녀석들이 꿈도 없냐?"

아이들이 키득키득 거리며 웃고 있었다. 나는 아이들을 잘 안다. 저희들도 꿈이 없기는 마찬가지인 것이다. 기껏해야 공무원, 대학교수, 의사, 변호사, 컴퓨터 프로게이머, 디자이너 따위를 적는 아이들이 대부분이다. 그것이 꿈일까? 직업이 꿈인 것은 아니다. 정말 꿈은 스스로를 설레게 하고 두근거림과 간절한 기다림이 있어야 한다. 안정되고 돈 벌이 잘 되는 직업을 적는 것이 꿈을 적는 것은 아니란 뜻이다. 나는 그렇게 생각한다. 사실, 내게는 그런 설렘도 장래에 관한 두근거림도 없다. 꿈이 없으니 백지로 낸 것이다. 그것이 뭐, 잘못인가? 잘못이라면, 꿈이 가져지지 않는 것이 잘못일 것이다. 그런데 도대체 꿈이 없다는 것이 내 잘못인가. 여하튼, 태한이나 나나 딱 걸렸다. 담임은 대학을 갓 졸업하고 우리 학교가 첫 부임지인 셈이다. 의욕이 넘쳤지만, 늘 분명한 선들을 그어놓고 있었다. 선명하고 두드러진 그 선 안에 들어와 있는 자들에게는 축복이! 그러지 못한 자들에게는 저주가! 라고 또렷하게 보이지 않게 외치는 것만 같았다. 그랬다. 담임은 나름의 기준으로 천국과 지옥을 그려내는 것 같았다. 그렇다고 담임이 잘못 하는 것은 없었다. 담임은 지극히도 정상적인 교사의 길을 가고 있는 것이다. 하지만 내가 알기로는 세상은 하나의 선으로 선명하게 그어질 만하지 못하다. 이럴 수도 있고, 저럴 수도 있다. 하지만 질서는 필요하니까.

 제2장 꿈이 없는 아이들

이러지도 못 하고 저러지도 못 할 경우도 있는 법이다. 그럴 때는 어쩔 수 없이 이렇게 하고 저러지 못 하게 할 수밖에 없다. 담임에게 태한이와 나는 요주의 인물, 불령선인으로 뽑혔다. 일제 강점기 때, 불온하고 불량한 조선 사람이라고 낙인찍히는 사람들 말이다. 거, 왜 일본 제국주의자들이 자기네 말을 따르지 않는 한국 사람을 이르던 말 있지 않은가. 우리는 꿈이 없다는—정확하게 말하자면, 장래 희망 직업을 적지 않았다는— 이유로 선 밖으로 나간 셈이 되었다. 우리가 디디고 선 바로 앞까지 두둑한 선이 그어진 셈이다. 어쨌거나 나는 아웃사이더이다.

"꿈이 없으면 인생의 목표가 없는 거야. 한창 꿈을 가질 나이에 꿈이 없다니… 내가 적으라고 하는 게 무슨 장난 같아 보이니? 응?"

담임이 우리를 다그치고 있었다. 우리는 고개를 가로 저으며 모기만한 목소리로 말했다.

"아뇨…"

담임이 정말 꿈이 없는 거냐고, 아니면 실수로 적지 않은 거냐고 다시 적겠냐고 물었다.

"꿈을 적을 수 없었습니다. 꿈이 없기 때문이지요."

담임이 말을 마치자마자 태한이가 연이어 말했다. 어쭈, 태한이 녀석. 제법인데? 나는 좀 멀찍이서 태한이가 하는 말대꾸를 듣고 있었다. 담임의 부아를 돋우는 그 불리한 말들은 사실 위태로웠다. 아닌 게 아니라 담임의 얼굴이 점점 더 시뻘겋게 변하고 있었다.

좋지 않은 조짐이었다. 나는 속으로 그냥 아무 거나 적을까 보다하고 후회를 했다. 뭐, 다들 그러니까, 꿈이 없다고 공연히 까발리는 어리석은 짓을 다른 아이들은 잘 하지 않는다. 그게 다른 아이들과 우리의 차이점인 것이다.

"부모님 중 한 분을 모셔와. 알겠지? 내일까지야."

아니나 다를까 따로 교무실에 불러서 담임은 선언을 하듯 말했다.

"어머니가 시간을 낼 수 없다고 하시면 어떡하지요?"

용감한 태한이. 나는 감히 아무 말도 못 하고 있는데, 태한이는 씩씩하게도 담임의 얼굴을 정면으로 보면서 묻는 거였다.

"그래도, 오시라고 해. 그리고 말야. 어쨌든, 선생님 말을 함부로 했다가는 큰 코 다칠 줄 알아. 적어도 학기가 끝나기 전까지는 꿈을 정해야 해. 이건 명령이야!"

담임은 여자 터미네이터처럼 말했다. 계란형 얼굴이 점점 네모가 되지 않을까 걱정될 정도로. 우리는 아무 말 없이 나와 교무실 문을 닫았다.

"어쩔 거니?"

눈치를 살피며 나는, 태한이한테 말을 걸었다.

"뭐, 어째. 오시라고 해야지… 싫어할 거야 분명히. 우리 엄마, 중학교 때는 단골로 다녔거든. 학교에……"

태한이는 그렇다 치고, 나는 정말 엄마한테 말하면 뭐라고 하실까? 이런 적이 한 번도 없었는데… 무슨 일이냐고 굉장히 궁금해하실 것이다. 좋은 일 일리는 없고… 무슨 일이냐고 꼬치꼬치 캐물을 게 뻔한데… 뭐라고 말해야 하나 …

텔레비전 소리만 거실을 메우고 있었다. 웃고 또 한 마디 해 놓고 웃고… 텔레비전이 세상에서 제일 행복해 보였다. 다른 채널에서 청승맞게 계속 울고 있으면, 다른 채널을 돌리면 된다. 웃음이 무더기로 쏟아지는 것이다. 아빠가 입원을 한 뒤로 우리는 웃음을 잃었다. 그렇게 우두커니, 하루하루를 보내곤 한다. 접시에 담긴 참외가 잘 줄어들지도 않는다. 포크를 내려놓고 바느질 통을 가져온 엄마는 뜯어진 윗옷 솔기 쪽을 깁고 있다.

"엄마, 엄마 … "

그렇게 불러 놓고 또 망설인다. 옷감에서 눈을 떼지 않으며 엄마는 바느질하던 손을 잠깐 멈추었다. 기껏 엄마를 불러놓고 뜸을 들이는 동안, 엄마는 바늘을 옷감 속으로 통과 시키고 있다. 왼손으로 옷자락을 붙잡고 있는 엄마의 손이 묵묵했다. 손이 가는 대로 푸른 옷에 진 자연스러운 주름이 출렁거리고 있었다.

"학교에서 좀 오시래요."

그제야 엄마는 바느질 하던 손을 멈추고 나를 쳐다보았다.

"무슨 일이 있었던 것은 아니구요… 선생님이 진로 문제 때문에… 상의 드린다고……"

나도 모르게 문제를 줄여서, 내 식대로 꾸며서 말해버렸다. 엄마는 대수롭지 않다는 듯 다시 바느질감으로 고개를 숙이며 물어보았다.

"언제 가면 되니?"

"내일요. 오후에 오셔도 되고……"

"알았다. 이양이 있으니 가게 좀 보라고 하고… 갈게."

 가리사니를 위하여

이양은 일을 배우겠다고 우리 가게에서 삼 개월 전부터 일하고 있는 언니다. 부지런하고 싹싹해서 엄마가 늘 칭찬하곤 했다. 앞으로 제과제빵에 관계된 대학을 진학할 계획이라는 말을 들은 적이 있다. 참, 대단한 것 같다. 꿈이 있다는 것은. 어떻게 어떤 모습으로 살아나갈 것이라는 정확한 계획이 있다는 것은 얼마나 다행한 일일까. 그런데 나는 왜? 도대체 그렇게 되지 않는 걸까. 아무리 생각해도 꿈이 없다. 어릴 때만 해도 나는 이러지 않았다. 초등학교 때만 해도. 누군가 꿈을 물어보면, 너무 많아서 대답을 하지 못할 지경이었다. 단순히 직업을 말하는 것이 아니었다. 피아니스트를 말하자면, 영화 피아니스트에 나오는 스필만의 타오르는 손을 떠올리는 거였다. 복싱으로 말하자면, 밀리언 달러 베이비에서 불꽃같은 눈빛을 지닌 힐러리 스웽크가 손을 뻗어 치는 잭을 떠올리며 말하는 거였다. 발레리나로 따지자면, 영화 백야에 나오는 니콜라이나 빌리 엘리어트의 환상적인 스텝을 떠올렸다.

그러니까 나는 꿈이 많았다. 5년 전쯤에 말이다. 아빠의 꿈은 뭐였을까. 아빠는, 늘 빵집을 하고 싶었다고 했다. 아주 오랫동안 아빠는 호텔에서 일하셨다. 양식 코너에서 빵을 구우면서 엄마를 만났다고 했다. 동그스름하게 부풀어 오른 빵들을 가지런히 접시에 담는 엄마의 에이프런이 유독 희어서 아빠는 엄마를 사랑하게 되었다고 했다. 아빠의 오랜 꿈이 이뤄지는 순간, 엄마는 아빠의 이름이 새겨진, 아빠만을 위한 케이크를 만들었다고 했다. 그 해에 내가 태어났다고 했다.

그러니까 우리 빵집 가게는 벌써 열일곱 해나 된 셈이다. 다섯 번 정도 이사를 했지만, 빵집 이름은 늘 〈누리 베이커리〉였다. 사랑스런 널 대하듯이 빵을 구울거야…라고 아빠는 늘 말씀하셨다. 어릴 때, 내 이름이 커다랗게 걸려있는 가게에 가는 것이 참, 자랑스러웠다. 글자를 깨칠 무렵 나는 친구들을 데리고 와서 일부러 내 이름자가 써진 간판을 보여주기도 했다.

내 이름을 걸고 빵을 굽던 아빠. **세상의 모든 일들을 갓 구워낸 빵처럼 따뜻하게 이해시켜줄 것 같았던 아빠.** 그런 아빠가 언제부터 술독에 빠진 서글픈 모습으로 살아가게 된 것일까. 주위 친척들은 할머니가 돌아가시고 나서 많이 변했다는 말들을 했다. 어릴 때 아버지를 여의고, 하나 밖에 없는 어머니를 극진하게 섬겼다던 아빠. 위암으로 돌아가신 할머니로 인해 충격을 받으셨던 걸까. 오년 안팎으로 아빠는 술을 진탕 마셔대고 점점 초췌해져 갔다. 동시에 내 꿈도 말라져갔다. 나는 정말, 꿈 없는 아이가 되고 만 것이다! 그나저나, 어쩌지? 담임은 엄마를 불러 놓고 또 뭐라고 고자질을 할 건지… 엄마는 안 그래도 아빠 때문에 걱정거리가 태산인데……

17년전 누리베이커리

머릿속이 하얗게 질리는 듯했어요.

하마터면 들고 있던 손가방을 떨어뜨릴 뻔했네요. 착하디착한 우리 딸인데… 학교에 오라는 말을 처음 전해 듣고 별로 걱정을 하지 않았지요. 이제껏 단 한 번도 그런 말을 들어본 적이 없었거든요. 누리는 스스로 알아서 잘 하는 아이지요. 학교 교사들한테나 아이 아빠나 나한테 걱정을 끼칠만한 행동은 하지 않았더랬어요. 그런데 학교로 오라니, 뭐 별로 대수롭지 않게 생각했지요. 고등학생이 되면 으레 그런 절차를 거치나 보다하고 단순하게만 생각했어요. 그런데 학교에 가서 담임선생님을 만나고 나서 그게 아니라는 것을 알게 되었어요. 단순히 장래 희망을 적는 란인데도 반항적인 모습을 보였다나 어쨌다나 … 담임한테 이러는데 마음속은 분명 저항으로 똘똘 뭉쳐있다고, 내면으로 응어리진 것들이 많은 듯 보인다고… 세상에. 어쩌다가 이런 말까지 듣게 되었을까요?

아이 아빠는 벌써 세 번째 입원이에요. 그 사실만으로도 억장이 무너지는데... 사실 두 번째 입원 후 퇴원을 했을 때만 해도 아이 아빠는 내 손을 잡으며 미안하다는 말을 연거푸 하면서 내 눈을 깊이 들여다보았지요. 지금도 설레게 하는 깊고 진한 호수 같은 눈으로 말예요. 두 번 다시 이런 일이 없을 거라며, 이제 술을 마실 일도, 당신을 슬프게 할 일도 없을 거라고 말했지요. 그렇게 말하는 아이 아빠가 오히려 고맙고 든든했어요. 한 삼 개월쯤은 단주를 잘 지켜 왔었지요.

아빠의 입원.. 퇴원. 또 입원...

　그 때는 얼마나 행복했던지… 물론, 아이 아빠가 그토록 못 먹던 술을 마시게 된 것이며, 알코올 중독이라는 무서운 병에 걸리게 된 이유를 저는 잘 알지요. 오 년 전에 아이 할머니가 돌아가셨거든요. 홀어머니였지만, 성격이 참 온화하고 부드러운 분이셨어요. 하나 밖에 없는 며느리라면서 부족하기만 한 저를 얼마나 예뻐해 주셨는데요. 그러던 어머니가 돌아가셨으니 얼마나 큰 충격이었을까요. 게다가 아이 아빠는 전적으로 아이 할머니에게 정신적으로 많은 부분을 의지하고 있었어요. 초상을 치르고 난 다음 날, 아이 아빠가 그러더군요. 이제, 앞으로의 생은 내 명대로 살아가지 못할 것 같아. 그런 느낌이 들어. 그 말이 사단이 난 걸까요.

　아이 아빠는 예전의 모습으로 되돌아오지 못했어요. 술이 아니면 아예 살아가려는 생각을 포기한 사람처럼 굴었지요. 그게 참 무섭기도 하고 안됐기도 하고. 함께 울기도 하고 격려해주기도 하고. 별짓을 다 했지만, 아이 아빠의 술 문제를 해결할 수는 없었지요. 누군가는 죽은 시어머니의 혼을 빼가야 한다며 무당을 불러야 한다고 하고. 누군가는 저를 교회로 이끌었답니다. 그래요. 저는 지금 열심을 다해서 교회를 나가고 있지요. 하나님은 응답을 바로 해 주시지 않는 적이 많다며, 그렇더라도 때를 기다리라며 전도사님이 충고를 해주셨지요. 그렇더라도 오 년이면 너무 긴 세월이 아닌가요? 도대체 하나님은 왜 제 기도에 응답해 주시지 않는 거지요? 제 기도가 무리한 건가요? 저는 다만, 아이 아빠가 술을 마시지 않고 예전의 모습 그대로 돌아오기만을 바랐을 뿐인데… 더도 말고 덜도 말고. 오직 그런 기도만 죽어라고 드릴 뿐인데…

그날 이후 달라진 것들에 대하여.

두 번 째 입원이 마지막이 될 줄로만 믿었어요. 하나님께 감사의 기도와 예물부터 올렸지요. 믿음을 가지게 된 것이 축복이라며 교인들한테도 자랑을 얼마나 했던지… 그런데 덜커덕, 육 개월 만에 다시 병원으로 돌아가게 되었지 뭐예요. 아이나 저나 얼마나 실망을 했던지… 가게고 뭐고 다 때려치우고 밥도 먹지 않고 사흘을 꼬박 누워 있다가 일어났어요. 어쩌겠어요. 또 살아야지. 목숨이 있는 한 버텨내야지. 그렇게 마음이 상해서 아이에게 신경을 쓸 겨를이 없었더랬지요. 게다가 고등학생이 된 아이가 저대로 알아서 잘 하겠지 하는 생각이었지요. 그래서 별로 애쓰지 않았어요. 이제껏 알아서 잘 커왔던 아이였으니까요. 그런데 아니었나 봐요. 아이는 담임선생님한테 단단히 찍힌 것 같았어요. 담임선생님이 그렇게 말했을 때, 가슴이 무너지는 것만 같았지요. 아직 한 번도 속 썩인 적이 없는 아이였는데… 주의를 주겠다고 힘없이 말을 했지요.

"그 보다도 꿈이 없는 아이는 진학 지도에 차질이 많습니다. 더군다나 그냥 단순히 꿈이 없는 게 아니라 반항으로 똘똘 뭉쳐서 꿈이 없다고 딱 잡아떼는 경우에는 더욱 말입니다." 하고 담임선생님이 걱정스럽다는 듯이 얼굴을 찌푸리면서 말했지요. 저는 그냥 고개를 끄덕이며 그렇지요… 라고 맞장구를 칠 뿐이었습니다. 그래도 어쨌든, 아이에게 잘 말해서 이런 일이 없도록 하겠다며 어정쩡하게 사과 비슷한 말을 했지요. 그러고 나서 돌아서는데 다른 학생의 엄마로 보이는 한 여자 분이 황급히 교무실로 들어서는 거였습니다. 저는 가볍게 목례를 하고 교무실을 나왔지요. 교정에 있는 버드나무가 짙은 그늘을 드리고 있었어요.

유난히 맑은 날씨였지요. 청명한 하늘 한 가운데를 불로 지진 듯 태양이 이글거리고 있었지요. 빛이 강할수록 그림자는 진한 법이지요. 버드나무 그늘이 하도 좋아서 잠시 앉아 있었어요. 그때였어요. 창문을 통해 차분하고 낭랑한 어조로 누군가 시 한편을 읊고 있었어요.

내가 사랑하는 사람

정호승

나는 그늘이 없는 사람을
사랑하지 않는다
나는 그늘을 사랑하지 않는
사람을 사랑하지 않는다
나는 한 그루 나무의 그늘이
된 사람을 사랑한다
햇빛도 그늘이 있어야
맑고 눈이 부시다
나무 그늘에 앉아
나뭇잎 사이로 반짝이는
햇살을 바라보면
세상은 그 얼마나 아름다운가
나는 눈물이 없는 사람을
사랑하지 않는다
나는 눈물을 사랑하지 않는
사람을 사랑하지 않는다
나는 한 방울 눈물이
된 사람을 사랑한다

 제2장 꿈이 없는 아이들

　나무 그늘에 앉아서 누군가 낭송하고 있는 시를 듣고 있자니 공연히 눈물이 났어요. 아, 한 방울 눈물이 된 사람이라니. 누군가 시 속에 제 마음을 알고 써놓았군요. 정호승이라는 시인이 말예요. 어떻게 지금의 제 심정을 알고 이 시를 쓴 것일까요? 버드나무 그늘이 한없이 정다워 보였지요. 제가 다녔던 여고 교정에도 이렇게 큰 버드나무가 있었지요. 속상할 때, 힘들 때 달려가서 안으면 버드나무가 보이지 않는 팔로 저를 가만히 안아주곤 했지요. 가슴에다 바짝 대고 안으면, 이상도 했지요. 버드나무가 참 따뜻했거든요. 피가 돌고 있는 따뜻한 버드나무라니……

　축 쳐져 있던 고개를 들어 버드나무 잎사귀를 올려다보았어요. 푸른 잎들 위로 간간이 하늘이 보이고, 그 너머에 푸른 하늘이 보였지요. 햇빛은, 잎새들 사이사이에 머물고 있었어요. 햇빛이 스며들고 있는 잎사귀들은 참, 파릇파릇했지요. 이상하게도 마음이 포근해져 왔어요. 먹먹하고 컴컴하던 마음에도 볕이 들려는 걸까요?

　그 때였어요. 제 등 뒤에서 누군가 말을 걸고 있었지요. 뒤돌아보니, 아까 제가 교무실 문을 나설 때 교무실로 들어가던 어떤 여자 분이었어요. 혹시 자녀분이 1학년 3반이냐고 물어 보기에 그렇다고 했지요. 눈 화장이 두드러져 보이고, 옅은 갈색 머리칼이 눈에 띄는 분이었어요. 자신의 아들도 그렇다며, 혹시 아이가 꿈을 적지 않아서 담임선생님한테 얘기를 듣고 오는 길이 아니었냐고 묻기에 맞다고 했지요. 자신의 아들도 마찬가지였다고 하더군요. 그래서 한 소리 듣고 기분이 잡쳐서 돌아서는 길이라고 하더군요.

　"뭐, 그런 것 가지고 학부모를 다 부르는지 원… 나 참 살다살다 별 꼴을 다 봐요. 학교를 갓 졸업한 선생이라던데 그래서 뭘 모르나 봐요. 아이가 그깟 꿈을 안 적을 수도 있지. 난 또 우리 아이가 사고라도 친 줄 알고 가슴이 조마조마 했다니까요. 기가 막혀서… 그깟 일로 바쁜 사람 오라 가라 난리야 난리가. 내가 한 바탕 하려고 했는데 참았어요, 다음번에 이 따위 일로 불렀다가는 봐라. 가만 안 둘 테니… 사람을 무시해도 분수가 있지. 새파랗게 젊은 선생이 뭘 안다고 ……"

　여자가 우악스럽게 말했어요. 그 말을 들으니 속이 시원한 것 같기도 하고, 그렇더라도 누리한테 좀 더 신경을 써줄 것을 못 써줬다는 죄책감도 들기도 하고… 글쎄 여러 감정이 교차하던걸요. 여자는 허스키한 목소리로 몇 번이고 화풀이하듯 거칠게 말을 하고서는 다시 보자고 인사를 하며 성큼성큼 교문을 빠져 나갔어요. 그 여자가 가고 나서도 나는 조금 더 버드나무 그늘에 앉아 있다가 일어섰지요. 어머니, 어머니가 계신 천국… 그 곳도 이렇게 시원한 그늘이 있나요? 그곳에는 물론, 술은 없겠지요. 그러니 얼마나 좋겠어요. 술 마시는 사람도, 술 때문에 고생하는 가족도 없을 테니… 그렇지요, 어머니?

　집에 돌아온 누리를 앉혀 놓고 과일부터 깎아 줬어요. 코코아도 한 잔 타주면서 물어보았지요. 아빠가 없어서 많이 힘드냐고. 아이가 고개를 세차게 저었어요. 역시 힘들다는 소리였지요. 제가 말을 마치자마자 저렇게 세차게 저을 정도라면, 아빠 없는 자리가 크다

 제2장 꿈이 없는 아이들

는 소리지요. 아이의 몸짓이 슬퍼서 나는 와락 울음을 터뜨릴 것 같았지만 참았어요. 누리한테 학교에 가서 담임선생님을 만났다고 했지요. 아이가 고개를 푹 숙이면서 과일을 집었던 포크를 떨어뜨렸어요. 과일을 먹으면서 들어 보라고, 괜찮다고 야단치는 것 아니라고 말했지요. 아이가 고개를 들고 내 눈치를 살폈어요. 꿈을 가지면 좋겠다고. 그런데 정말 꿈이 없냐고 물어 보았지요. 원래 꿈이 많아서 탈이라고 하지 않았냐는 말까지 덧붙이면서 말이지요.

"엄마, 정말 꿈이 없어. 내가 왜 거짓말로 안 썼겠어? **나도 꿈을 가지고 싶어.** 그런데 이상하지? 꿈이 하나도 생각나지 않는 거야. 때려 죽여도 도대체 꿈이 떠오르지 않는 거야. 엄마. "

아이가 하소연하듯 말을 했습니다. 저는 가만히 아이에게 다가가 등을 어루만지다가 와락 안아 주었습니다. 힘들어서 그렇지? 라고 한 마디 하니 아이가 흐느꼈습니다. 저도 모르게 또, 삐죽하게 눈물이 나와 버렸습니다. 꿈이 곧 생기게 될 거라고. 그러길 바란다고 진심을 담아서 말했지요.

내일은 아이 아빠가 입원해 있는 **병원에서 가족 교육**이 있다고 합니다. 오늘 낮에 학교에 가기 직전에 휴대폰으로 문자를 받았지요. 그래서 병원에 갈 예정입니다. 알고 싶은 것도, 묻고 싶은 것들도 왜 이리 많은지 모르겠습니다. 제대로 알면 제대로 고칠 수도 있지 않을까요?

감히, 희망을 가져도 될까요?

감히, 희망을 가져도 될까요?

한사랑병원 가족교육

중독증의 진행과
보호자의 어려움

궁금해요 7. 왜 술을 마시면 필름이 끊기는 현상이 오는가요?

술을 마시고 필름이 끊긴다는 것은 알코올이 중추신경계에 미치는 영향의 하나로, 일종의 기억 장애 현상으로 이해할 수 있습니다.

의학적으로는 술이 취한 상태에서 일어난 일에 대한 전향적 기억상실(음주 이후 단기 기억장애) 현상으로 기억 상실 기간 동안 이상한 말과 행동, 예기치 않은 상황을 경험하게 되며 이와 관련하여 두려움과 고통스러움이 동반되다가 점점 악화 과정을 보입니다.

예) 조금 전 한 이야기를 반복하거나 금방 술을 시켜 놓고 다시 술을 주문하는 현상 등

필름 끊김 현상은 기절이나, 정신을 잃은 상태, 의식을 잃을 때까지 술을 마신 상태와 혼동하지 않아야 합니다. 이 기간에 있는 동안 중독자들은 자신의 주변에 일어나고 있는 일들에 대해 인지하고 있고 모든 것을 기억하고 있는 것처럼 보일 수도 있습니다. 그러나 실제로 그들은 그것을 기억해 내지 못합니다. 기억을 하지 못하는 상황에서 실수나 잘못된 행동을 하게 됩니다. 다른 사람들은 그가 기억하지 못한다는 것을 알지 못하기 때문에 적절한 사과가 있기를 기대하지만 중독자는 자신이 사과를 해야 할 일이 있는지 조차 모르기 때문에 주변 사람들은 더욱 당황하고 모욕을 당했다고 느낍니다. 질병이 진행되어 갈수록 필름 끊김 현상은 자주, 그리고 긴 기간 동안 나타나며 예측할 수 없습니다. 필름 끊김 현상을 경험하는 사람들은 다음과 같은 질문에 사로잡힙니다.

"내가 어젯밤 어떻게 집에 들어왔을까?"

"내가 누군가에게 상처를 입히지 않았을까?"

"내가 어젯밤 주차를 어디에 했을까?"

"어젯밤 10시 이후 내가 어디에 있었을까?"

"내가 누구하고 있었을까? 바보스러운 행동을 하지는 않았을까?"

일시적인 기억상실은 단순한 실수나 창피감으로 그치는 것이 아니라, 기억을 잃은 동안 기본적인 업무처리나 안전의 보호에 엄청난 피해를 가져옵니다. 일시적인 기억상실이 반복해서 나타나는데도 불구하고 계속 술을 마신다면 결과적으로 더욱 비극적인 사건이 일어날 수 있습니다.

다음의 4가지에 대해 정확히 알아야 합니다.

---

1) 일시적인 기억상실이 있는데도 술을 계속 마신다면 장래에 반드시 또 다른 기억상실이 나타난다고 예상할 수 있습니다.
2) 술을 얼마만큼 마셔야 일시적인 기억상실이 나타나는지 확실히 아는 방법은 없습니다.
3) 일시적인 기억상실이 나타날 때 얼마나 긴 기간일지 예상할 수 없습니다.
4) 미래에 나타나는 일시적인 기억상실 동안에는 아무도 그 행동을 조절하거나 예상할 수 없습니다.

필름 끊기는 현상이 자주 반복되면 중독증의 심각한 단계로 볼 수 있으며, 4년 이상 지속 시 뇌의 기능적 변화 초래로 인하여 알코올성 인지 장애 또는 알코올성 치매 유발 위험성이 증가 된다고 합니다.

조절되지 않는 술

"잦은 음주는 나쁜 습관이 아니라 뇌질환입니다"

알코올 의존 환자는 술병만 봐도 뇌가 반응 합니다.

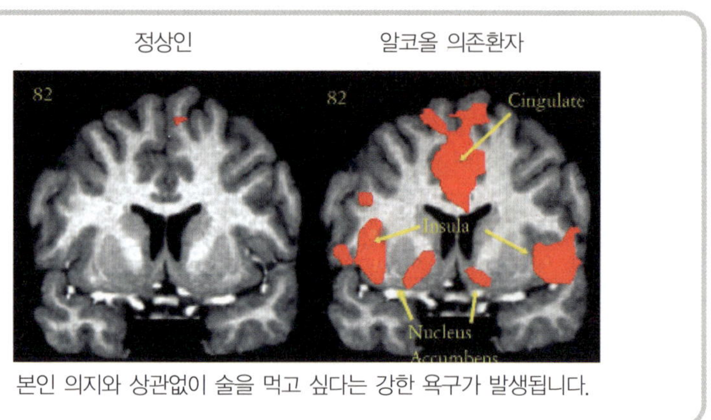

본인 의지와 상관없이 술을 먹고 싶다는 강한 욕구가 발생됩니다.

술을 자주 마시게 되면 뇌가 쪼그라 들어 이로 인해 기억력이 떨어집니다.

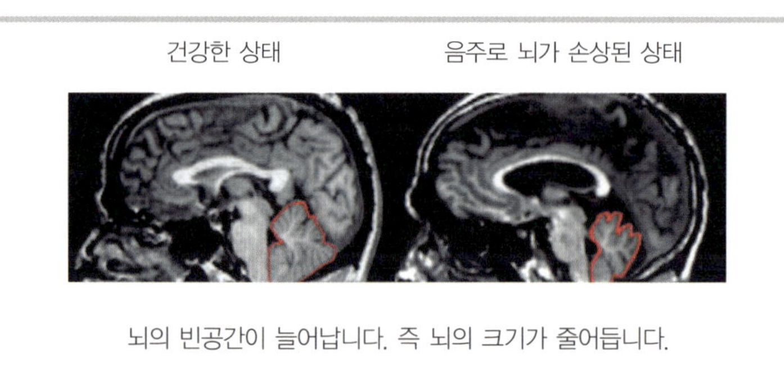

뇌의 빈공간이 늘어납니다. 즉 뇌의 크기가 줄어듭니다.

필름 끊김 현상은 뇌의 일시적 기능 장애 및 마비현상으로 지속시, 중독증의 심각한 단계 및 심각한 뇌손상의 징후로 이해할 수 있습니다.

궁금해요 8. 전보다 술이 많이 늘었는데 왜 그럴까요?
우리 남편은 왜 술을 적당히 마시지 못하는 것일까요?

초기 중독 단계에서는 술 마시는 양과 횟수가 점차적으로 증가되면서 음주와 연관되는 활동이 많아집니다. 이후 음주 조절력이 상실이 되는 심각한 중독 단계로 점차 진행되게 되며 단순한 술 조절 문제 뿐만 아니라 감정, 행동, 전반적 생활의 조절력 상실로 악화되면서 심각한 단계로 넘어가게 됩니다

알코올 중독의 핵심 증상이 바로 술에 대한 조절력을 상실하는 것입니다. 일단 술을 한 잔이라도 마시면 뇌에서 술에 대한 조절력을 마비시키며, 따라서 일단 중독이 되면 소량으로 조절해서 마시는 것은 불가능해 집니다. 많은 사람들의 재발 중요 요인 중 하나가 이 조절 음주에 대한 기대와 착각 때문입니다.

나는 조절음주가 가능할까 ?

- 소량으로 끝내려 마음먹고 마시기 시작했으나 끝까지 마셔버린다.

- 이 이상을 마시면 생명이 위태롭다. 직장에서 해고된다.
  이혼을 당한다 등의 문책을 들어도 그만 둘 수 없다.

- 술을 깼을 때의 초조감, 손떨림, 불면, 식은 땀 등의
  증상을 진정시키거나 예방하기 위해서 마신다.

- 일단 마시기 시작하면 며칠이고 식사도 잊고 계속 마시며,
  몸이 알코올을 받지 못하게 되면 겨우 음주를 멈춘다.

술에 대한 조절력 상실은 알코올중독의 핵심증상입니다.
많은 알코올 중독자들이 조절음주에 대한 기대와 착각을
가지고 있어 단주 유지 및 회복에 이르지 못하고 있습니다.

중독 증의 진행과 보호자의 어려움

 **궁금해요 9.** 헛것이 보인다고 하는데 귀신이 씌인 것일까요?

금단증상이란 만성적으로 술을 마시던 사람이 갑자기 술을 끊거나 줄이면 뇌세포가 흥분되어 생기는 증상을 말합니다.

손 떨림, 불안, 초조, 불면증, 경련, 환각 등이 나타날 수 있는데 그 심한 정도는 그 동안의 음주기간, 음주량 그리고 개개인의 체질에 따라 각기 다릅니다. 비교적 심각하지 않은 금단증상은 대부분의 중독자들에게 술을 갑자기 끊어서 나타나는 것으로 그렇게 심하지 않으며 대개 2-3일 정도 지나면 정상으로 돌아옵니다. 그러나 짜증나고 불안한 마음 상태와 불면증은 2-3주 정도 지속되기도 합니다. 중독증이 계속 진행됨에 따라 금단증상도 더욱 심각해지게 됩니다.

심각한 금단증상으로는 알코올성 환각, 즉 헛것이 보이거나 헛것이 들리는 것, 경련, 발작 등이 나타나기도 합니다.

가장 심각한 금단증상인 진전 섬망은 환각, 정신착란, 고열, 고혈압, 심장 부정맥, 사지경련 등의 증상이 같이 나타나는 것으로 이로 인해 사망하는 경우가 발생하기도 합니다.

1일 이내 : 떨림, 구역질, 구토, 무력감과 나른함, 수면장애, 자율신경계 항진 증상
(빈맥, 발한, 혈압상승) 불안 등

1~2 일 : 금단경련 발작, 착각 및 환각(헛것을 보거나 헛소리를 듣는 경우)

2~3 일 : 금단섬망(금단증상 중 가장 심각한 증상으로 정신적 혼란감으로 횡설 수설, 환청과 환시
현상 등의 동반으로 적절한 치료 않을 시 사망률이 20% 수준에 이르는 치명적인 후유증)

알코올금단증상은 보통 1-2주 기간 동안 다양한 형태로 나타나며, 경우에 따라 치명적인 금단 섬망이 동반될 수 있습니다.

궁금해요 10. 며칠째 계속 술을 마시며 스스로 술을 중단하지 못하는 것 같은데 어떻게 해야 할까요?

중독자가 술을 중단하지 못할 때 가족들은 지혜로운 방법으로 단계적이며 단호하게 대처를 해야 할 필요가 있습니다.

1. 초기 치료의 필요성을 설명하고 설득하며 자발적인 치료 참여를 권유합니다.
2. 가족 간의 대화로 문제를 확인하고 치료 공감대를 형성합니다.
3. 적극적 치료 도움 및 방법을 모색하여 가족들 도움 하에 치료를 받도록 합니다.
4. 현실적으로 환자가 설득 및 자발적 치료를 거부하는 경우가 많으므로 방치하거나 무시하여 악화 과정으로 진행되기 보다는 보호자가 전문가와 적극적 상담 후 치료 방법을 모색하도록 합니다.

알코올중독은 음주조절력 상실을 주요한 증상으로 하여 일정기간 폭음과 짧은 기간 음주중단이 반복되는 음주 패턴을 보입니다.
이러한 상황에서 중독자는 술 문제를 부정하며 치료를 거부합니다. 가족들의 현명함과 지혜로움으로 중독자가 치료를 받도록 적극적인 도움을 청하는 것이 필요합니다.

중독증의 진행과 보호자의 어려움

중독증의 진행과정

안도감을 얻기 위해 가끔씩 술을 마신다.

술에 대한 내성이 증가한다.

최초의 기억상실을 경험한다.

단순히 마시기 보다는 효과를 위해 마신다.

술에 대한 의존성이 증가한다.

술을 다른 사람보다 빨리 마시고 많이 마신다.

죄책감을 느낀다.

술과 관련된 문제를 의논할 수 없게 된다.

기억상실이 증가한다.

술 마시는 것에 대해 변명을 한다.

다른 사람들은 술을 그만 마시는데,
나는 그렇게 하지 못하는 경우가 늘어난다.

혼자 마신다.

공격적인 행동을 한다.

약속과 결심을 지키지 못한다.

술을 조절하려는 노력이 계속 실패한다.

이사를 해보려고 한다.

다른 활동에 대한 흥미를 잃는다.

가족과 친구들을 피한다.

직장문제와 재정적인 문제가 생긴다.

이유없이 분노를 느낀다.

먹는 것을 소홀히 한다.

신체적 합병증(위장장애, 불면증 등)

몸떨림이 있으며, 해장술을 한다.

의처증이 생긴다.

성적인 능력이 떨어진다.

전보다 양이 줄었는데도 취하는 정도는 더 심하다.

신체적인 건강이 악화된다 (간경화, 당뇨)

정신적 건강이 악화된다(뇌손상, 기억력 장애)

죄책감, 수치심, 공포감을 경험한다.

일을 시작하기가 힘들거나 할 수 없게 된다.

술 마실 구실을 더 이상 찾지 못한다.

막연한 영적인 도움을 바란다.

강박적인 음주가 악순환한다.

궁금해요 11. 술 마시는 남편을 보면 화가 나서 견딜 수가 없는데 어떻게 해야 할까요?

알코올중독증이 진행된 결과로써 중독자 가족은 이혼, 별거, 가출, 가난, 만성질병, 실직, 사회적 고립 등의 상황적인 문제와 좌절, 낮은 자존감, 의존성, 불안, 우울감, 충동성의 심리적 문제를 가지게 됩니다. 중독자의 부인이 비중독자의 부인보다 불안, 우울감, 강박증, 적대감, 신체화 경향의 순서로 유의하게 높은 정신 증상을 나타내고 있었습니다. 중독증이 가족에게 감정적인 고통이나 자존심 손상이나 수치심만을 가져다주는 것뿐만 아니라 중독자의 가족은 스트레스로 인하여 발생하는 여러 질환(위궤양, 편두통, 고혈압, 소화장애, 우울증, 불안증)들이 잘 생긴다는 연구 결과도 있습니다.

음주 문제가 심각한 가족들은 가족 기능을 제대로 발휘하기 어려우며 단순히 중독 환자 개인의 문제만이 아니라 음주 문제로 인해 가족들 전체가 받는 부정적인 영향들이 크게 되며, 문제를 해결하려는 과정에서 오히려 방해가 되는 역기능적인 역할을 하게 되는 경우가 있습니다.

이러한 현상을 공동의존증이라고 합니다.

중독증의 진행과 보호자의 어려움

공동의존 현상을 보이는 중독자의 보호자는 다양한 유형으로 나타나는데 자세히 살펴보면 다음과 같습니다.

중독 보호자(부인)의 유형

1. 순교자 유형 	– 내 팔자라고 생각하며 체념한다. – 타인이 흉 볼까봐 술 문제를 숨긴다. – '언젠가 마음을 잡겠지' 라는 막연한 희망으로 술값을 댄다. – 비위를 거스리지 않으려고 하라는 대로 한다
2. 박애자 유형 	– 무시하고 일들을 의논하지 않는다. – 이혼 한다고 협박한다. – 화가 치밀어 자주 싸운다. – 가족들과 함께 왕따를 시킨다. – 기도원이나 요양시설에 격리시키고 외면한다.
3. 공모자 유형 	– 음주문제의 심각성을 부정한다. – 음주 문제를 자신 탓으로 여기고 책임지려 한다. – 금주하라고 하면서 모임에서 음주를 눈감아 준다. – 음주와 금주의 반복을 대수롭지 않게 여기며 자책 한다.
4. 술친구 유형 	– 함께 술을 마시며 조절 음주를 위해 노력 한다. – '너는 마시는데 나는 못 마시느냐' 로 술로 같이 해결 한다. – 금주 보다는 같이 술 마시기를 기대한다. – 조절 음주를 요구 한다.
5. 냉담한 유형 	– 한 집에 살면서 타인처럼 지낸다. – 부부관계를 않고 집안일에서 소외 시킨다. – 명절, 집안 행사 시 가지 않는다. – 깊은 우울감과 상실감을 경험 한다.

중독 가정의 자녀 또한 다양한 심리적 어려움을 가집니다. 다음은 중독가정의 자녀들이 갖는 특성입니다.

중독 가정(자녀)의 유형

1. 가족영웅 또는 위대한 아이 (착한 아이로 모든 일을 잘해야 살아남을 수 있다) 	– 첫째 자녀 – 과도한 책임감과 죄책감 – 두려움과 불만족감 및 낮은 자존감 – 과잉 성취자로 일 중독자가 될 가능성
2. 희생양 또는 문제아 (사회의 문제아로 보인다) 	– 둘째나 중간 자녀 – 적대감과 반항심 – 위축되고 파괴적이며 무책임한 행동방식 – 알코올, 약물 사용 과다 위험 – 거짓말, 가출, 법적인 문제 등
3. 잊혀진 아이 (조용하게 문제없어 보이나 자신이 버려졌다고 인식) 	– 셋째 자녀 – 없는 것 같은 자녀로 조용 – 겉으로는 냉담, 독립적으로 보이나 내적으로 상처 받고 외로움, 부적절감
4. 귀염둥이 또는 마스코트 (가족의 익살꾼)	– 가장 어린 자녀 – 미성숙하고 불안정 – 충동적이고 히스테리적 – 관심을 받으려 광대 짓을 한다.

알코올중독은 환자 자신에게만 국한되는 문제가 아니라 부인과 자녀 등의 가족에게 건강하지 못하고 역기능적인 공동 의존증을 유발시킵니다.

술로 인한 문제는 중독자 자신이 해결하도록 합니다.

가족들이 일시적으로 문제를 해결해주는 도움은 증상 및 중독 과정을 점점 더 악화시킬 수 있다는 사실을 명심하고 음주 문제에 대해서는 가능한 단호하게 대처하도록 노력합니다.

음주로 인해 집이 어지럽혀졌거나 중독자가 난폭한 행동으로 집안 물건을 부수었다면 다음날 중독자가 술이 깰 때까지 치우지 않고 그대로 둡니다.

중독자는 필름 끊김 현상으로 자신의 만취 행동을 기억하지 못하는 경우가 많으므로 음주의 심각성을 직접 확인하도록 보여주는 것이 필요합니다.

중독자 가족이 알아두어야 할 사항

1. 알코올 중독의 문제를 더 이상 부정하지 않도록 합니다.

2. 가족 중 한사람이 중독에 걸렸다는 사실을 직시하고 필요한 도움을 받으려 노력합니다.

3. 중독자 자신과 배우자, 자녀들이 중독에 대해 배우고 이해해야 합니다.

4. 중독에 대한 편견과 선입관을 버립니다.

5. 중독 환자의 변화에 흔들리지 말고 중심을 잡도록 노력합니다.

6. 자녀들 말에 귀를 기울이고 집안일들에 대해 자녀에게 숨기지 않고 솔직하게 합니다.

7. 알코올 중독은 치료될 수 있는 병이라는 것을 인식하는 것이 가장 중요합니다.

중독자의 금주에 대한 상태에 따라 가족들의 역할은 달라집니다.

첫째, 중독자가 문제 해결을 위한 노력을 하지 않는 경우
    1. 중독자의 동기를 강화시킨다.
    2. 가족은 자신의 정신적, 육체적 건강을 유지한다.

둘째, 중독자가 금주를 위한 노력을 시작한 경우
    1. 가족도 함께 음주를 줄이거나 없애고 중독자의 노력을 도와준다.
    2. 금주에 도움이 되는 가족 관계를 만든다.

셋째, 금주를 유지하는 경우
    1. 재발을 막는다(만성금단증상을 해결한다).
    2. 가족 간의 문제를 해결한다.
    3. 환자에게 현실적인 기대를 갖는다.
    4. 금주를 유지하도록 계속적인 격려를 한다.

알코올중독은 치료될 수 있는 병입니다.
가족들은 '냉정한 사랑' 으로, 술로 인한 문제는
중독자 자신이 해결하도록 하면서, 중독자가 빨리 회복되도록
도움을 주어야 합니다.

중독 중의 진행과 보호자의 어려움

중독증이 진행될수록 중독자는 사물을 보고 생각하는 능력이 왜곡되는데 이는 심리방어기제라고 부르는 사고 작용 때문에 발생합니다.

심리방어기제 중 대표적인 것이 바로 '부정' 입니다.

부정은 다른 사람에게는 명백한 객관적인 사실을 지각하지 못하고 인정하지 않는 것을 말합니다.

중독자의 경우는 자신의 음주가 중독이라는 것을 부정하거나, 중독증이라는 사실은 인정하여도 중독증으로부터의 회복을 위해서는 치료를 받을 필요가 있다는 것을 부정하거나, 중독증은 치료가 된다는 사실을 부정하는 양상으로 나타납니다.

분명 술 문제가 심각함에도 부정하게 되는 이유는 무엇일까요?

알코올중독자에 대한 잘못된 지식으로

"나는 중독자가 아니다"

"내 주위에는 나보다 더한 사람들도 많다" 라는 태도를 보입니다.

또한 중독자임을 인정하게 되면 ① 중독자라는 불명예가 따라다니고 ② 더 이상 술을 마실 수 없고 ③ 회복을 위한 힘든 노력을 해야 하므로 부정을 하게 됩니다.

부정하는 흔한 예

종 류	흔히 하는 말들	정확히 알기
1. 나는 중독자가 아니다	"술을 마시지 않을 때도 있고 적당히 조절해 마실 수 있다." "나는 금단증상이 없다" "나는 가정도 직장도 유지하고 있다"	대부분의 중독자는 일정기간 금주와 폭주 양상을 반복하며 조절력의 상실은 말기 중독자에서 볼 수 있는 현상입니다

[사례] 김씨는 알코올중독자의 아들이다. 그의 아버지와 삼촌도 알코올중독자이다. 김씨는 중독자의 아들은 술을 마시면 중독자가 되기 쉽다는 것을 들어서 잘 알고 있다. 그러나 김씨는 자신의 아버지와 삼촌은 의지가 약한 사람들이어서 술을 조절해서 마시지 못한다고 생각한다. 자신도 음주 조절력이 상실되어 술 때문에 구속되기도 하고, 기억력 장애와 난폭한 행동으로 남과 싸우기도 하지만 조금 더 노력하면 조절해서 마실 수 있다고 생각한다.

종 류	흔히 하는 말들	정확히 알기
2. 도움이 필요 없다	"마음만 먹으면 나 혼자 얼마든지 할 수 있다. 내가 알아서 한다."	대부분의 중독자는 심각한 상황에도 불구하고 도움을 받지 않으려 합니다. 음주로 인해 입원치료를 받는 것은 스스로의 의지로 해결할 수 없다는 것을 보여주는 증거이기도 합니다.
3. 사실을 축소하고 핑계를 댄다. (축소화, 합리화)	" 문제가 있긴 하지만 그렇게 나쁘지는 않다"	대부분의 중독자는 음주와 관련되는 양상을 축소화하고 합리화 합니다

[사례] 박씨는 자신이 정상적인 음주자라고 생각한다. 15년 동안 술을 마셔왔는데 처음에는 일주일에 두 번씩 마시다가 현재는 매일 술을 마시고 어떤 경우에는 아침에도 술을 마신다. 그러나 술을 얼마나 마시는지 물어보면 아직도 일주일에 두 번 마신다고 대답한다.

종 류	흔히 하는 말들	정확히 알기
4. 구체적인 변화 노력이 없다	"내가 술 문제가 있기는 하지만 내버려두면 내가 알아서 한다. 왜 자꾸 잔소리 하느냐"	대부분의 중독자는 표면적으로는 술 문제를 인정하기도 하지만 금주를 위한 구체적인 변화나 노력은 시도하지 않으려 합니다
5. 다른 중독자와 비교한다	"내가 중독자면 내 주위 전부 중독자이다. 보통 다 이 정도는 하지 않느냐"	대부분의 중독자는 끊임없이 주위와 비교하며 자신의 문제를 보거나 인정하지 않으려 합니다
6. 다른 사람을 탓한다	"그건 다른 사람의 잘못이지 내 잘못이 아니다."	자신의 감정, 생각, 행동 때문에 생긴 문제를 다른 사람 탓으로 돌려서 비난을 모면하려는 것입니다.

[사례] 이씨는 20년 동안 술을 마셔왔고 이제는 중독이 되어 술에 대한 조절력이 상실되었다. 그래서 생활비로 모두 술을 마셔버리고 밤이 되면 부인에게 술주정을 한다. 그러나 이씨는 부인이 잔소리가 심하고 자신을 미워하므로 술을 마시게 된다고 생각한다.

7. 필름끊김 현상은 뇌의 일시적 기능 장애 및 마비현상으로 지속시, 중독증의 심각한 단계 및 심각한 뇌손상의 징후로 이해할 수 있습니다.

8. 술에 대한 조절력 상실은 알코올중독의 핵심증상입니다. 많은 알코올중독자들이 조절음주에 대한 기대와 착각으로 가지고 있어 단주유지 및 회복에 이르지 못하고 있습니다.

9. 알코올금단증상은 보통 1-2주 기간 동안 다양한 형태로 나타나며, 경우에 따라 치명적인 금단섬망이 동반될 수 있습니다.

10. 알코올중독은 음주조절력 상실을 주요한 증상으로 하여 일정기간 폭음과 짧은 기간 음주중단이 반복되는 음주 패턴을 보입니다.
이러한 상황에서 중독자는 술문제를 부정하며 치료를 거부합니다.
가족들의 현명함과 지혜로움으로 중독자가 치료를 받도록 적극적인 도움을 청하는 것이 필요합니다.

11. 알코올중독은 환자 자신에게만 국한되는 문제가 아니라 부인과 자녀 등의 가족에게 건강하지 못하고 역기능적인 공동의존증을 유발시킵니다.

12. 알코올중독은 치료될 수 있는 병입니다. 가족들은 '냉정한 사랑' 으로, 술로 인한 문제를 중독자 자신이 해결하도록 하면서, 중독자가 회복되도록 도움을 줄 수 있습니다.

13. 알코올중독은 공통적으로 부정, 합리화, 투사의 심리방어기제를 보입니다.
치료의 시작은 가장 대표적인 방어기제인 "부정"에서 "병에 대한 인정과 받아들이기"로의 변화입니다.

제 3 장

아빠의 편지

아, 지겨워… 무슨 욕을 해야 이 심정을 죄다 털어 놓을 수 있을까. 아아아… 정말 지겨워. 접시 물에 코를 쳐 박고 죽을 놈! 제기랄 썩어 문드러질 놈!!! 남편이라고 부르기도 싫다. 이제 지긋지긋하다. 벌써 열 번째 입원이다. 열 번이라면 안 찍어 넘어갈 나무가 없다고 하지 않는가. 나도 처음부터 이러지는 않았다. 버릇이 나쁜 탓이라 생각해서 그 놈의 술버릇을 고쳐 주고 싶어서 119 구급차까지 타고서 입원을 시켰다. 입원을 하자마자 손이 발이 되게 싹싹 빌기에 버릇을 좀 고쳤나 싶어서 퇴원을 시켜 줬더니 사흘이 못 가서 또 그 모양 그 꼴이다. 지겹고 지겨운 노릇이다. 한 여섯 번째 입원을 해서는 이제 남편도 지쳤는지 배짱으로 나간다. 게다가 원망을 하거나 심지어 협박까지 한다. 성격이 점점 포악해지는 것만 같다. 정말 지랄 같다. 술을 쳐 먹고 와서도 곱게 잠드는 법이 없다. 마구 욕을 하거나 한 바탕 때려 부수고는 제 풀에 지쳐 잠이 든다. 작년까지만 해도 나는 이혼 고소를 하려고 준비까지 했었다. 알코올 중독으로 병원에 몇 번 들락거린 사유만 해도 충분히 이혼감이 되고도 남을 것이다. 게다가 나한테 손찌검을 했던 것을 휴대폰으로 찍어 그대로 자료로 남겨 두었다. 그런데 법무사 사무실에 가서 이혼 관계 서류에 대해 한참 의논을 하다가 막판에 그만 둬 버렸다. 뭐, 이혼을 해

지겹고, 지겨운 알코올의 굴레.

도 위자료도 하나 내 놓을 위인이 못 된다. 친하던 후배한테 보증을 잘못 써줘서 말아 먹은 공장만 그대로 있다면 그래도 말이 달라지는데… 이제 공장마저 은행권에 묶여 있으니 그 놈의 위인이 뭐 하나 제대로 줄 수 없을 것이라는 사실을 생각해 보고 그냥 이혼소송이고 뭐고 덮어 버렸다. 그래서 여차하면 입원시키는 것이 다이다.

이번에는 일 개월 만이다. 퇴원을 해서 며칠간은 내 눈치를 보며 마시지 않더니만, 최근에는 그마저도 하지 않았다. 퇴원하는 당일 날부터 바로 술이었다. 심지어 저번 입원에서는 퇴원을 하고 내려와서 버스를 타려고 정류장에서 나와 같이 기다리고 있는데 잠시 사라졌었다. 두리번거리니, 버스 정류장 근처의 슈퍼에서 소주 한 병을 사서는 그 자리에서 벌컥벌컥 마시고 있는 거였다. 하이고… 환장할 놈. 어쩌면 이렇게 못 된 놈을 다 만났나… 그래, 결혼 전에는 그런 것들이 좀 멋있어 보이기도 했다. 내가 술을 잘 못하니까, 술 마시는 사내들은 뭔가 좀 화끈해 보이고 통이 커 보였다. 그런데 그게 아니었다. 평소에는 그러지 않았는데 술을 마시고 취하면 남편의 성격은 180도로 확 달라진다. 벌써 눈빛부터가 바뀐다. 공장을 지키던 흰 진돗개를 얼마나 좋아했는지… 사람보다 낫다고 따르는 게 그만이라고 혀를 내두르며 칭찬을 하던 그 개를 술에 취해서 잡아먹어 버렸다.

그게 어디 사람이 할 짓인가.

그 어느 날의 기억 한편.

알코올 가족 교육 시간에 참석을 꼭 해야 한다는 전갈을 받고 왔다. 전부 시덥지 않은 말들이었다. 어디 한 두 번 들었던가. 그 숱한 정보들. 그 숱한 교육들. 들을 때는 그럴 듯하지만, 그게 어디 씨알이 먹힐 소리던가. 교육으로 술을 끊을 수 있다면, 우리 남편은 열 번도 더 끊었겠다. 나는 교육을 듣다 말고 갑자기 고함이라도 버럭 지르며 따지고 싶었다. 도대체 교육을 어떻게 시켰기에 퇴원을 하자마자 바로 술을 마시냔 말예요!! 괜히 없는 시간 내어서 왔다 싶다. 물론, 틀린 말은 아니다. 나도 알만큼은 다 안다. 알코올 중독으로 열 번째 입원한 경력의 남편을 둔 여자가 모른다면 말이 되겠는가. 인근의 안 가 본 병원이 없을 정도이다. 2008년 6월에 개원한 한사랑 병원에 입원한 것은 이번이 두 번째이지만… 한번 병원에 입원할 때마다 보름을 넘기고는 곧 퇴원하곤 했다. 사실 말이야 바른 말인데… 알코올 중독치료라고 큰 간판을 걸고 있는 이 병원에서 남편이 낫는다는 생각을 하지 않는다. 입원해있는 보름만이라도 술을 안마시고, 나와서 마신다고 해도 쉬었다 마시는 거니까 그나마 신체적으로 건강이 악화되는 것이 조금은 낫지 않을까 하는 생각이 다이다. 신체가 회복되면 곧 퇴원시키곤 했다. 물론 퇴원하자마자 다시 음주를 시작한다는 사실을 나도 알고는 있다. 하지만 어쩔 것인가. 의지가 약한 걸. 나도 그렇지만, 애들 아빠도 치료를 위해 교육을 받는 것은 시간 낭비라고만 생각한다. 내가 안다는 것은 알코올 중독은 심각한 질병이고, 지랄 맞은 질병이고, 낫는다는 희망을 포기해야 할 질병인 것이다.

　그야말로 병중의 병인 것이다. 알코올 중독의 대부분은 자신이 병이라는 사실 조차 모르고 주위 사람들을 피해주고 있다. 죽어야만 끝이 나는 질병인 것이다. 지긋지긋한 병. 자신이 병인지도 모르는 어리석은 치들. 내가 아는 것이라고는 '희망을 포기하자' 이다. 제기랄. 맞다. 희망을 가지면 아픔뿐이다.

　나는 남편을 믿지 않는다.

　한 시간 반 넘게 걸리는 교육시간 동안 참 열심히 눈빛을 빛내며 듣는 사람이 눈에 띄었다. 수수하다 싶은 옷차림새를 자세히 보다가 깜짝 놀랐다. 사흘 전에 아이 일로 학교 교무실 입구에서 마주치던 그 여자. 그녀가 틀림없었다. 그런데 도대체 여기는 웬일이지? 저 여자의 남편도? 여자는 시종일관 고개를 끄덕이며 열심히 듣고 있다. 그래, 나도 처음에는 저랬어. 교육을 열심히 받으면 내 남편과 우리 가족이 변할 수 있을 거라는 희망을 가지기도 했더랬지. 열 번이나 반복하게 될 줄 생각하지도 못 했지.

　가족 교육을 마치고 그 여자의 앞으로 바투 다가가서 큰 소리로 인사를 했지. 그때서야 그 여자도 나를 알아보고 활짝 웃었지. 저희 남편이 어제 입원을 했어요, 술 문제지요. 라고 내가 먼저 운을 뗐지.
　"저희 남편은 벌써 세 번째 입원이에요."

여자가 가련한 새처럼 몸을 바르르 떨면서 말했어. 상처 입은 새 같았지. 갑자기 나는 낯이 가려워서 큰 소리로 웃었어.

"힘내세요, 누리… 누리 엄마 맞지요? 저희 남편은 이 곳 말고도 다른 병원을 전전했지요. 벌써 열 번째예요. 그런데도 저는 참 생생해요. 너무 염려 마세요." 라고 말해줬어.

어쨌든 나는 경험이 많은 경우이니까. 능청스러운 내 말을 듣고 나서 여자는 잠시 평온해지는 것 같았어. 참, 인연치고는 이상한 인연이다. 나는 그렇게 뇌까렸지. 우리는 알코올 가족 교육을 마치고 나와서 병원 로비에 있는 카페에서 아이스커피를 시켜 마셨어.

상처입은 새를 닮다.

참, 인연도… 어쩜 이런 인연이 다 있을까요? 그래?

우리 아이들이 한 학교에 다니는 것도 인연인데 그래, 아이들 아빠까지 한 병원에 있다니요… 무슨 이런 얄궂은 인연이 다 있어요 그래. 누리 엄마는 그래도 나은 편이에요. 우리 애들 아빠는 이번이 열 번째라니까요. 나도 한 세 번째만 해도 마음이 짠하니, 이제 혼 줄이 났으니 술은 절대 안 마시려니 하고 희망을 가졌더랬지요. 그런데 웬걸… 또 마시고, 또 마시고… 세상에, 세상 술이란 술은 다 마셔 없앤다더니 딱 그 짝이지 뭐예요. 나중에는 말려도 듣지 않기에 그냥 놔뒀어요. 마시라지 뭐, 병원에 다시 쳐 넣어 버릴 테니까… 그런 심정으로 살아 왔어요.

술 마신지 얼마나 되었냐구요? 글쎄… 원래 술을 좋아하는 양반이었어요. 젊었을 때부터 술자리를 좋아하고 즐겨 했지요. 젊을 때야, 그렇게 폭음을 하지는 않았으니까요, 그저 기분 좋을 정도로만 마셔왔었지요. 한번씩, 지갑을 잃어버리거나 싸우거나 해도 예사로 여겼지요, 뭐. 그러다가 보증을 잘못 서줘서 하고 있던 공장을 날리고 나서 부쩍 심해졌어요. 한 오 년 전쯤 되나. 그런데다가 이제는 함부로 손찌검까지… 내가 못 살아.

　이혼요? 이혼하려고 백 번은 더 넘게 생각했을 거예요. 공장을 그만 두기 전까지는 이를 악물고 살았어요. 그래도 밥줄을 놓지 않으려는 생각으로 말예요. 가정주부들이 자립한답시고 늦은 나이에 돈 벌 수 있는 방법이 식당이나 청소 밖에 없는데 그런 생활을 하려니 눈앞이 캄캄해지더군요. 남편이 벌어주는 돈으로 먹고 살던 게 습관이 되어놔서요.

　한편으로는 또 생각해 보았지요. 남들처럼 바람 피는 것도 아니고, 다만 술 문제인데… 어떨 때는 폭력까지 휘두르고는 하지만… 그걸로 이혼까지 하기에는 내가 너무 한 것 아니냐 싶기도 하고… 그렇게 고민할 때가 차라리 나았어요. 그 때만 해도 상습적으로 폭력을 휘두를 정도는 아니었거든요. 그래도 공장을 접기 전이라 어쨌건 벌이가 있었기도 하구요. 그런데 막상 공장 문을 닫고 나서가 더 큰 문제였어요. 일을 할 수 없을 정도로 퍼마시더군요. 스타일이 구겨지고 말고 할 것 없이 이제는 두 새끼를 먹여 살려야 되고, 가정을 꾸려 나가야 하니, 제가 일을 할 수 밖에요. 식당에서 일하기는 싫고……

　그래서 이웃 집 여자 소개로 보험회사를 갔지요. 그래도 6주 연수와 교육 세미나를 다 이수했다고요. 시험에 당당하게 합격해서 보험 설계사가 되었지요. 수입요? 짭짤했어요. 보험 설계사는 별 사람들이 다 와서 별 사람을 다 만나는 직업이에요. 이혼하려고 왜 안 해봤겠어요…

실제로 이혼 서류를 들고 도장 찍으라고 하기도 했죠. 그 때는 손이 발이 되게 빌더군요. 미안하다면서, 자기 잘못이라면서… 앞으로는 다시 안 그러겠다면서…

우리 보험설계사들은 말예요. 스스로 고니라고 부르지요. 우아하고 멋진 자태로 물 위에 떠있지만, 쉴 새 없이 발을 내 젖고 있는 고니 말예요. 그 하얀 고니가 제가 있는 보험 설계팀의 마스코트이기도 해요.

우울하고 위축되었던 제가 어떻게 힘을 얻은 줄 아세요? 바로 회사에 다니면서 부터였어요. 스스로 못났다고 생각했던 제가 스스로 우아하고 멋지다고 생각을 바꾸게 되었지요. 그러면서… 남편이 불쌍하다는 생각이 든 거예요. 제 정신이 아닌 남편. 술이야 말로 심각한 병이지 뭐예요. 이제 밥벌이도 못 해 오는 인간. 술이나 마시고 겔겔거리는 말종. 그러면서 기껏 한다는 게 나를 때리거나 욕을 해대는 것이 전부인 인간.

고니처럼 우아하지만 치열하게.

이제야말로 이혼하기 좋은 구실이 많긴 하지만, 뭐… 이런 생각이 들더군요. 이렇게 불쌍한 인간을 누가 거두나… 그래도 애 아버지인데… 애들이 클 때까지라도… 장가갈 때까지 라도 좀 버텨주자. 장가가고 나면, 훌훌… 나도 이놈의 짐을 벗고 편하게 살자. 그 때 이혼해도 늦지 않았다. 그런 생각을 하게 되었지요. 뭐, 지금은… 썩어 문드러진 속이어서 더 썩을 것도 없어요. 못 버티겠다 싶으면, 바로바로 병원에 입원을 시키지요. 그래도 이 혼하려는 갈등은 없으니 지금은 나아진 편이에요.

네? 알코올 중독을 고친다고요?

흥! 웃기는 소리 좀 하지 말아요. 그 말을 들으니 내 뱃속이 다 간질간질하네. 세상 그 누가 말해도, 그 어떤 유명하고 능력 있는 의사가 말해도 난 믿지 않아요. 다른 사람들은 다 고칠지라 도 그 썩을 놈의 인간은 못 고쳐요. 절대로! 그런 생각하지 말라 고요? 네에~ 저도 그러고 싶지 않았어요. 세 번째 입원을 할 때 만 해도 눈물을 질질 짜곤 했지요. 제발 정신 좀 차리라고 애원 하기도 했어요. 웃기는 소리 좀 작작해요. 알코올 중독은 원래 고칠 수 없어요. 누리 엄마는 누리 아빠가 세 번째 입원이라서 아마 아직은 애잔할 거예요. 그런데 네 번째, 다섯 번째… 점점 늘어나 보세요. 제 말이 틀린지. 모든 것에는 운명이란 게 있어 요. 운명을 벗어날 수 없는 법이에요. 그 인간은, 알코올 중독이 라는 운명을 달고 태어났어요.

알 코 올 중 독 이 라 는 운 명.

아, 아까 가족교육 시간에 의사 선생님이 그랬잖아요. 유전적인 소인이 있다고. 당뇨나 고혈압처럼, 알코올 중독도 그렇다고… 맞는 말이에요. 애들 할아버지가 심각한 술 문제가 있었어요. 시어머니가 혀를 내두르고, 우울증에 걸려 고생했지요. 시어머니가 자살한다고 소란을 부리기를 몇 번이나 했다고요… 제가 시집와서 세 번이나 그랬지요. 애들 할아버지는 폭력이 무슨 장기자랑처럼 되는 줄 아는지 동네 부끄러운 줄도 모르고 마구 설치곤 했지요. 여하튼, 웃기는 집안이에요. 그 아버지에 그 아들이라더니… 그런 생각을 하면, 덜컥 우리 애들까지 걱정이 되는 거예요. 뭐, 지금은 학생이라서 술을 대놓고 마시지 않지만 또 어떻게 알겠어요? 어른이 되면 달라질지… 하이고, 그 생각을 하면, 이가 다 갈려요. 남편이라는 작자가 이 모양 이 꼴이니… 내 팔자가 참 기구하구나하는 생각이 들기도 하고… 그렇더라도, 뭐 어쩌겠어요. 살아야지.

저 새끼들 키우느라 등허리가 다 휘었어요. 아이 아빠는 이제 무능력자에요. 아무 하는 것도 없이 날마다 술을 마시니 도대체 뭘 제대로 하겠어요. 그냥 포기했어요. 포기하고 살다보니 오히려 마음이 덜 아프더군요. 술 처 먹고 들어와서 폭행만 안 하면 차라리 견디겠는데… 그 놈의 손찌검이 세월이 가도 나아지지 않으니… 그러고 나서 술 깨면 또 싹싹 비는 거예요.

무슨 말을 했는지, 무슨 짓을 했는지 기억이 나지 않는다구요… 한 두 번 그런 말을 듣는 것도 아니고, 하구한 날 그러니 이제 속지도 않지만… 그놈의 술이 원수예요. 정말!!! 프로그램요? 아, 병원에서 하는 프로그램 말이지요… 뭐, 도움이 안 된다나… 뭐라나… 하긴, 저도 그래요. 의지가 중요하지 프로그램 같은 것 받으면 뭐해요? 의지만 있으면 술이 딱 끊어질 텐데… 그게 안 되니 자꾸 마시는 거지요. 뭐, 교육 같은 것 듣는다고 달라질 게 있나요? 그래서 알겠다고 마음대로 하라고 그랬지요.

네? 교육이 중요하다구요?
교육으로 인식이 바뀌고 감춰뒀던 의지도 생긴다구요?

글쎄… 그런 생각이 안 드는데요. 그럴 바에야 교육을 열심히 참석한 환자들은 퇴원하면 금주를 하겠네요? 안 그런 사람들이 태반이던데요… 교육 아무리 받아도 밖에 나가서 또 마시더라구요… 네? 그렇더라도 교육이 중요하니까 꼭 받도록 격려해야 한다구요? 음… 글쎄, 그 인간이 내가 말한다고 해서 들을 인간이 아니에요. 뭐, 하긴 안 받는 것 보다 받는 게 낫긴 하겠지요. 그렇더라도 그 인간한테는 씨알도 안 먹혀요. 뭐, 마음 문이 제대로 열려야 말이지…

늘, 삐딱하게 원망이나 하고……

또 시작이다.

엄마는 별 것도 아닌 일에 화를 내기 시작했다.

치약 끝부분이 조금 남아 있었는데 왜 쓰레기통에 버리냐고 따지는 것이 시작이었다. 그 다음은 베란다 창문을 닫으라고 했는데 왜 자꾸 열어 놓냐고 큰 소리로 나무라는 거였다. 밥을 먹으면서는 콩나물 사이에 있는 미더덕만 골라 먹는다고 호통이었다. 미더덕이 먹고 싶어서요… 라고 했지만 통하지 않았다. 밥 먹을 때는 개도 안 건드린다는데… 공연히 짜증이 불거져 나왔다.

모처럼 일요일인데 우리 집에는 휴일이라곤 없다. 아니, 우리 집은 제대로 쉴 수 있는 휴식처가 되지 못 한다. 아빠가 계실 때는 술 문제로 시끄럽고, 아빠가 없을 때는 엄마의 화풀이에 치인다. 짜증이 스멀스멀 올라와서 손발이 근질거릴 정도다. 키우는 개라도 있었으면 이럴 때 냅다 갈길 수 있을 텐데… 방에 들어가니 가야 이 녀석이 하품을 하고 있었다. 뒤통수 한 대를 철썩 쳤다. 갈겼다는 말이 맞을까? 어쨌든, 녀석을 건드렸다. 그러면서 한마디 했다.

화 풀이 하는 우리 엄마...

"야, 네 입에서 냄새나! 밥 먹었으면 이를 닦으란 말야. 쓰레기 통에 버려 놓은 치약으로 말야!"

가야는 갑자기 당하는 것이 이제 익숙하다는 듯, 그러면서도 순간 억울했던지 내 얼굴을 힐끗 쳐다보다가 곧 방에서 나가 버렸다. 제기랄. 나는 침대에 발라당 누워서 허공에다 주먹질을 했다. 그 순간, 누구를 상상했냐고? 어쩌면 나일지도 모른다. 꿈도 없는 17살. 나는 왜 태어났을까. 이상하게도 그런 생각이 자꾸 든다. 특히 이번 해부터는 말이다. 누리를 보면, 나와 비슷하다는 생각이 든다. 누리는 안개 속에 내던져진 아이 같다. 원래의 얼굴이, 원래의 마음이 온통 가려져 있어서 희끄무레하고 뚜렷하지 않은 아이. 왠지 누리를 볼 때 측은해지는 것은 그 때문일 것이다. 그러면서 사실은 나는 내 모습을 보고 있는 지도 모른다. 그러니까 우리는 지독한 안개 속에서 헤매고 있는 것인 지도 모른다. 버티고 버티던 아빠가, 아니 사실은 봐주고 봐주던 엄마에 의해 입원한지 벌써 삼 주일 째다. 어제, 집으로 전화해도 엄마 휴대폰으로도 연락이 안되더라며 아빠가 내 휴대폰으로 전화를 해왔다.

"한번 와라. 보고 싶구나."

라고 말했을 때 나는 온 몸에 소름이 돋는 느낌이 들었다. 저 말을, 강제로 술을 안 먹게 되었을 때 말고, 정신이 또록또록할 때 들었던 때가 언제였던가, 하는 생각이 갑자기 퍼뜩 들었다.

아빠는 왜, 늘 병원에만 가면 평소에는 지긋지긋하게 욕설을 퍼부어 대던 가족들이 보고 싶어지는 걸까? 대놓고 내색을 하지 않아도 아빠 전화는 받기가 싫다. 평소와는 다르게 애처로워 보이는 목소리도 그렇고. 힘없고 불쌍하게 느껴지는 듯 한 목소리도 그렇고. 영 낯설게만 느껴지는 거였다. 그렇게 억지로 받은 전화를 끊고 나서 더 이상한 것은 나였다. 면회를 가볼까? 엄마한테 말해도 코웃음만 치고 가지 않을 게 뻔한데…… 가야 녀석은 아예 대답도 하지 않고 자리를 피할 게 뻔하고… 누리한테 같이 가보자고 할까? 그래, 누리 아빠와 같은 병동에 있다니까… 같이 가면 되겠다는 생각이 들었다. 전화를 받고 있을 때만 해도 귀찮고 싫다는 생각만 들었는데… 전화를 끊고 나니까 그래도 면회를 가야겠다는 생각으로 바뀌는 이유는 무엇일까?

어쩌면 수화기를 놓기 전에 아빠가 했던 말 한마디 때문일까?
"태한아, 이 아빠가 잘못이 많구나."
열 번째 병원 입원인 아빠. 아빠도 이제 힘이 빠진 걸까? 이제껏 단 한 번도 이런 말을 들어본 적이 없어. 입원해서도 늘 당당하고 큰 소리만 치셨지.

아빠에게서 혹시 무슨 일이라도 일어난 것일까?

누리한테 함께 면회를 가자고 말했다. 좋다고 말할 줄 알았던 누리가 고개를 세차게 내저었다.

"거길… 내가 왜 가?"

그 말은, 뭐라도 묻어 있어서 흡사 입에 올리기라도 하면 그 더러움이 묻을까 겁내는 말투였다.

"난, 한 번도 면회 가본 적이 없어. 우리 엄마도 그랬어. 교도소 이런 곳에도 면회 가는 게 아니라고. 전에 친척이 교도소 있다고 엄마가 면회를 갈 때도 나는 일부러 데려가지 않으셨어."

그렇게 딱 잘라 말하자 나는 할 말이 없었다. 그런데 갑자기 웬 교도소 얘기를? 그게 병원과 무슨 관계가 있다고? 우리는 둘 다 말없이 바닥을 내려다보았다.

온 몸이 바닥으로 내려가듯 점점 작아지는 느낌이 들었다. 제기랄……

우리들만의 교도소 ..

면회를 가자니… 난 이제껏 한 번도 아버지가 입원해 있던 병원에 가본 적이 없다. 아무리 알코올 중독 치료 병원이라고 하더라도 말이다. 이번에 입원한 병원은 2008년 6월에 개원한 병원이고, 병원냄새가 나지 않는 초현대식 건물이라고 듣긴 했다. 주위 경치도 좋아서 새 소리가 들리고, 푸른 들판 한 가운데 있어서 공기도 맑고 몸과 마음을 회복하기에 좋은 병원이라는 얘기도. 엄마가 들고 와서 무심코 놓아둔 병원 홍보용 팸플릿을 보기도 했다. 신축한 병원이라 내부 시설이 깨끗하고 따뜻하면서 세련된 느낌까지 주었다. 그렇더라도 엄마는 면회 갈 때 나를 데려갈 생각을 하지 않을 뿐 아니라, 나도 그 곳에 갈 마음이 없다. 아무튼 그랬다.

6월 20일. 내 생일 날. 엄마는 내가 좋아하는 모카에 하얀 생크림을 입혀 생일 케이크를 만들어 주셨다. 케이크 위에 화사한 노란 꽃을 새긴 채. 그것도 한 눈에 개나리란 느낌이 드는 노란 꽃을. 하얀 생크림 위에 개나리는 썩 잘 어울렸다. 꽃잎들은 몽글몽글 꿈을 먹은 듯이 생생하게 피어 있었다. 그런데 6월에 무슨 개나리람? 생일 초를 꽂는 엄마더러 웬 개나리꽃이에요? 라고 물어 보았다. 내 질문에 엄마는 좀 계면쩍은 듯 웃음을 지으며 나지막이 말했다.

"희망. 개나리 꽃말이 희망이래."

개나리의 꽃말은 희망이래.

갑자기 울컥, 목 안으로 뭔가가 치밀어 올라왔다.

엄마는 숱하게 좌절하면서도 아직까지 희망을 버리지 않았구나. 그렇게도 서글피 아이처럼 엉엉 울던 엄마가 아직도 희망을 찾고 있구나. 나는 꿈조차 없이 살아가고 있는데…… 숨을 세차게 불어 한 숨에 열일곱 개의 촛불을 다 끄고 나니 엄마가 박수를 쳐주셨다. 재작년 생일 때만 해도 아빠가 계셨다. 아빠는 내 손을 까칠한 수염이 난 턱으로 장난스럽게 비비며 축하해. 우리 공주님… 이라고 했다. 매년 생일날 아빠가 없었던 적은 없었다. 아빠가 직접 만들어준 케이크는 정말 맛있었다. 물론, 엄마 솜씨도 대단하지만, 아빠가 만들어준 케이크는 뭔가 달랐다. 그것은 뭐랄까. 깔끔하지만 화려했다. 시원하지만 따사로웠다. 부드럽게 살살 녹으면서도 입 안 가득 새하얀 향기가 났다.

그래, 향기에도 빛깔이 있다면, 그것은 정말 하얀 빛깔을 가졌으리라. 그 어떤 선물 보다 아빠가 만들어준 누리 케이크가 내게는 큰 선물이었다. 그런데 작년부터는 달랐다. 아빠는 가게에 없을 때가 점점 늘어났다. 입원 기간이 길어진 거였다. 처음 입원 때보다, 두 번째 입원이 그랬다. 이번에는 또 얼마나 더 지나야할까.

"누리야, 손 좀 내밀고 눈 좀 감아봐. 내가 눈을 뜨라고 할 때까지 뜨면 안 돼. 알겠지?"

엄마가 부러 높은 음성을 지어보였다. 아주 어렸을 때부터 엄마는 꼭 이런 방식으로 내게 선물을 주곤 하셨다. 눈을 감은 채 손에 올려 진 무게를 가늠해 보았다. 조금 묵직한 것 같은데… 뭐지?

"이제 눈을 떠!"

눈을 뜨고 손바닥 위에 올려있는 연보랏빛 포장지에 싼 상자 모양을 보았다. 포장지를 뜯고 상자를 열어 보았다. 아, 참… 아담하지만 알차고 예쁜 다이어리였다. 갑자기 마음속을 죄다 담아내는 일기를 써보고 싶다는 생각이 들었다. 다이어리 갈피를 뒤적이는데 하얀 봉투 하나가 있었다. 그걸 들고 이리저리 훑어 보는데 낯익은 필체가 눈에 쏘옥 들어왔다. 엄마를 쳐다보니, 읽어보라는 듯 고개를 끄덕이고 계셨다.

〈사랑하는 우리 딸 누리의 열일곱 번째 생일을 축하하며…〉라고 적힌 봉투 안에서 편지를 꺼냈다.

 제3장 아빠의 편지

사랑하는 누리야.

우리 공주님 생일날, 아빠가 직접 케이크를 만들어 우리 공주님한테 주고 싶었는데… 그러지 못 하게 되었구나. 작년에도 그랬지. 그래서 올해부터는 두 번 다시 그러지 않아야겠다고 결심까지 했었는데… 또 이렇게 되고 말았구나. 참, 이상하지. 결심도 하고, 자신도 있었는데 잘 되지 않는구나. 또 이렇게 병원 신세를 지고 말았네. 하지만 누리야. 아빠가 원래 다정하지도 않고, 표현도 잘 못 해서 말하지 않았지만… 우리 누리를 사랑한단다.

입원을 하고, 정신이 들면서 제일 먼저 누리를 생각했단다. 또 우리 누리 가슴을 아프게 했구나 하는 생각이 들면서 입원한지 이틀 되는 날, 아빠는 혼자서 많이 울었다. 눈물을 들키지 않으려고 베개에다 얼굴을 파묻고는 울었지. 참았던 울음을 터뜨리니까, 글쎄 눈물이 참 신기하더라. 어떻게 그렇게 많은 눈물을 흘릴 수 있는지… 인체의 칠십 퍼센트가 물이라더니… 정말 그 말이 맞다는 생각까지 들더라. 무슨 폭포수처럼 눈물이 끊임없이 쏟아지는 게…동료 환우들한테 들키지 않으려고, 게다가 간호사님들한테 들키지 않으려고 꽤 애를 먹었단다. 아마, 치료진들이 그날 내 모습을 봤더라면 내가 정서적으로 꽤나 문제가 있을 거라고 진단했을지도 몰라. 울면서 우리 누리한테 미안해서, 자꾸만 미안하고 미안해서 견딜 수가 없더구나.

다시는 술을 안 마시겠다고 우리 누리와 새끼손가락을 걸고 약속했었는데 말야. 그만, 아빠가 약속을 어기고 말았구나. 정말 안 그러려고 했는데…이번에는 약속을 지키고 싶었는데… 나 자신이 스스로 원망스러워서 견딜 수가 없구나. 어떻게 또 이렇게 입원까지 한 신세가 되었는지… 왜 생각대로, 의지대로 잘 되지 않는 건지… 나 자신한테 화가 나기도 하고, 또 한편으로는 서글픈 생각이 들면서 눈물이 나고, 나고했지.

 가리사니를 위하여

이건 비밀인데 말야… 엄마보다 우리 누리가 더 보고 싶어. 엄마한테는 말하지 마. 알겠지? 누리야. 생일 선물로 아빠가 준비한 것은 보잘 것 없는 편지뿐이라서 미안하구나. 그래… 자꾸만 미안하다는 말만 쓰고 있어. 미안하다는 말로 용서될 수만 있으면 미안하다는 말만 편지지 가득 쓰고 싶구나. 그렇게 해서 과거의 시간을 지울 수만 있다면… 누리야, 약속하마. 이번이 세 번째이자 마지막 입원이 되겠다고. 이제야 말로 아빠가 변화할 때가 된 것 같아.

한번만 더 아빠를 믿어다오. 용서해 다오. 넌, 언제나 아빠 편이었지? 그렇지 않니? 아무리 아프고 힘들어도 아빠는 이 몹쓸 병에서 헤쳐 나올 테니까, 우리 누리가 아빠를 좀 도와다오. 네가 도와줄 것은, 한번만 더 아빠를 용서해주고 믿어주는 거야. 네가 아빠를 믿어주는 것이 아빠한테는 얼마나 큰 힘이 되는지 몰라.

멋지고 훌륭한 아빠가 되지 못 해 미안하구나. 하지만 다음 번 생일 때는 아빠가 직접 만든 케이크로 파티를 하자구나. 엄마와 같이 네가 좋아하는 영화도 보자구나. 못난 아빠를 용서해줄 줄 믿는다. 힘내어서 치료 잘 받고 돌아가마. 누리야, 사랑한다.

추신) 같이 보내는 학 모양 연필꽂이 통은 아빠가 최근에 다른 환우들한테서 배운 솜씨로 만든 거란다. 이 학은, 꿈을 꾸게 하는 학이야. 이 학이 우리 누리에게 꿈을 가져다 줄 거라고 믿어. 큰 선물을 못 사줘서 미안해.

―6월 20일. 아빠가―

아래로 내려갈수록 잘 읽을 수가 없었다. 눈앞이 흐릿해져서 몇 번이고 눈을 비벼대야만 했다. 몇 글자 읽지도 않았는데 계속 눈앞이 흐려졌다. 닦아도 닦아내도 눈물이 흘러내렸다.

"엄마, 학은요?"

라고 말하자 엄마가 따로 큰 사탕 모양으로 싼 포장지를 내밀었다. 포장지를 풀자, 크고 날렵하게 날개를 펼친 학이 모양을 드러냈다. 아… 정말 멋지다! 감탄이 저절로 나왔다. 아빠는 정말 솜씨가 좋으시다. 손으로 하는 것들은 정말 못 하시는 게 없을 정도였다. 이 연필꽂이만 해도 그렇다. 꼼꼼하게 종이로 하나하나 접은 흔적이 또렷하게 보였다. 게다가 꿈을 꿀 수 있게 하는 학이라니… 아, 굳게 잠그고, 또 잠근, 자물쇠로 친친 동여 맨 내 마음 속 철문들이 하나, 둘, 풀리는 듯했다. 빗장이 풀리고 문이 스르르 열리는 느낌이 들었다. 이렇게 열린 문으로 나서면, 온갖 풀들과 꽃들이 만발한 들판이 가득 펼쳐질 것이다. 따스한 햇살도 함께. 이렇게 아름다운 들판을 놓아두고 이제껏 나는 왜 철문을 굳게 잠그고만 있었을까. 온 마음이, 온 몸에 날개가 돋는 것만 같다. 나는 이제 날 수 있을 것 같다. 마음껏, 얼마든지. 두 날개를 활짝 펴고… 학 위에 올라탄 채… 엄마가 만든 케이크 위, 개나리 노란 꽃잎을 포크로 떠서 입 안에 넣었다. 나는 희망을 먹고 있는 거였다.

"엄마, 아빠한테 같이 가요. 내일 어때요?"

엄마가 울다가 웃는 내 얼굴을 걱정스러운 듯 쳐다보고 있었다. 나는 웃었다. 희망 맛이 기막히게 좋았다.

내 마음 속 하늘 . .

나태한의 말

엄마를 이해하지 못 하겠어. 정말이지… 엄마에게는 딴 남자가 있는 게 아닐까? 아빠를 무시해도 분수가 있지. 그렇다고 그렇게까지 할 필요가 뭐가 있어.

우체통에서 편지를 꺼내온 것은 나였다. 엄마도 조금 전에 오셨는지 화장을 지우느라 크렌징 크림을 바르고 계셨다. 아빠한테서 편지가 왔다고 했더니 보자고 하셨다. 봉투째 내밀었다. 사랑하는 안미더씨에게… 남편이… 라고 쓴 글자를 보더니 흐응… 하고 짧지만 강렬한 의미있는 감탄사를 내뱉는 거였다. 그 다음, 봉투를 개봉하지도 않고, 게다가 봉투에 뭐가 들어있는지 확인해 보지도 않고 와락 찢어 버리는 거였다. 엄마, 엄마… 하고 말렸지만 엄마는 듣지 않았다. 내가 이런 편지 한 두 번 받아 보나? 뭐… 적당히 구슬러서 퇴원하겠다는 수작이지 뭐. 한두 번 속으면 됐지. 또 속으라고? 천만의 말씀… 이라고 하는 거였다. 찢겨나간 조각들을 보는데 짜증이 또 스멀스멀 올라오는 거였다. 아무리 그렇다고 해도… 편지를 찢는다는 것은 정말… 완전 무시다. 무시야… 아빠는 지금 개 취급을 받고 있는 거라고... 나는 손이 부들부들 떨리는 것을 느끼고 있었다. 다음 순간, 무심코 조각들을 보다가 편지지가 아닌, 다른 것이 있는 것 같아서 뒤적거려 보았다.

아빠에게서 온 편지 . . .

아, 문화상품권이었다. 네 장 정도… 될까? 오천 원 권이 네 장이니 이만 원어치의 문화상품권이 그 안에 들어 있었던 거였다. 그제야 조각조각 난 편지지의 글씨들을 이것저것 맞춰 보았다.

〈바둑… 이겨서… 시합… 일등… 우리 아들들… 사랑하는… 나눠 쓰라고… 아빠로서… 해줄 것이… 없어서 그 동안…〉 이런 글자들이 난도질당한 모습으로 눈 안에 아프게 들어왔다.

"보세요. 엄마, 아빠가 바둑 시합에서 일등해서 받았대요. 도서 상품권이 들어있었어요. 세 장씩이나요. 그것도 모르고 이렇게 찢었으니……"

하고 거울만 들여다보고 있는 엄마의 뒤통수에 대고 따지듯이 말했다.

"그래? 어구… 장하다 장해… 그래, 바둑대회 일등해서 상품권 부쳐줘서 장하구나 장해. 참, 우스운 별꼴을 다 보고 살겠네. 제 주제에 바둑대회가 다 뭐야. 분통 터질 일이구만. 계속 그렇게 입원이나 해야겠네… 얼마 만에 벌어보는 벌이야 그게?…참, 어지간히도 잘났다. "

나는 그만, 방문을 박차고 나갔다. 엄마와 얘기를 하다보면, 욕이 안 나올 때가 없다. 언제부터 엄마가 이렇게나 거칠어졌지? 초등학교 때만 해도 엄마는 이러지 않았다. 우리 집을 환하게 해주는 빛나는 꽃이었다. 누가 물어보면, 이 세상에서 최고 예쁜 엄마라고 했다. 내 눈에는 엄마가 세상에서 최고 예뻤다. 그것은 열 살이 넘으면서 점차 사라져간 마법과도 비슷하다.

물론, 아빠가 지긋지긋하다고 치자. 그렇다고 이런다고 뭐가 달라지는 것은 아니다. 서로가 서로에게 상처를 주고 있는 것이다. 그러면서 동시에 서로서로 상처를 입게 되는 셈이고. 조각난 상품권과 편지를 들고 건넛방으로 가니 가야가 책상에 웅크리고 앉아서 뭔가를 끼적이고 있었다. 야, 비켜… 나는 녀석을 밀쳤다. 가야가 힐끗 나를 쳐다보더니 천천히 일어났다. 빨리 일어나 새꺄! 나는 버럭 고함을 질렀다. 가야는 뭐 묻은 개처럼 꽁지를 사리듯 책상을 벗어나 방문 앞에 쭈그리고 앉았다. 여전히 귀에는 염병할… 이어폰을 낀 채로… 저, 이어폰 속에는 개지랄할 헤비메탈 음악이 흘러나올 터였다. 염병할, 이 개새끼… 나는 마구 고함을 지르고 싶었다. 그런데 저 가야 녀석은 내 욕을 듣지 못할 것이다.

그 놈의 이어폰이 내 목소리를 무시하니까. 무시? 제기랄… 나는 갑자기 가야의 굽어진 등을 뾰족한 팔꿈치로 한 대 갈기고 픈 이상한 충동을 느꼈다. 살금살금 다가가니, 갑자기 가야가 벌떡 일어나 방문을 열고 나가 버렸다. 녀석, 운 좋은 줄 알아… 나는 녀석이 사라진 문 쪽을 바라보며 혼자 뇌까렸다.

책상 앞에서 한 시간이나 걸려 조각난 편지들과 문화 상품권들을 이어 붙였다. 유리테이프로 덕지덕지 이어서 간신히 완성시켜 놓고 보니 서글픈 종이들이 되어 있었다. 패거리들과 싸워서 흠씬 얻어맞고 입술이 부르터지고 얼굴에 피멍이 들어서 돌아오던 언젠가의 내 모습과 닮아 있었다.

세상의 모든 상처들은 깊고 외롭다.

아, 정말 그렇다. 덕지덕지 기운 문화상품권을 책상 유리 안에 넣어 놓고 나는, 골이 깊은 한숨을 길게 아주 길쭉하게 쉬었다. 마치 지구가 꺼질 듯이…휴우 ~~~~~~~~~~~

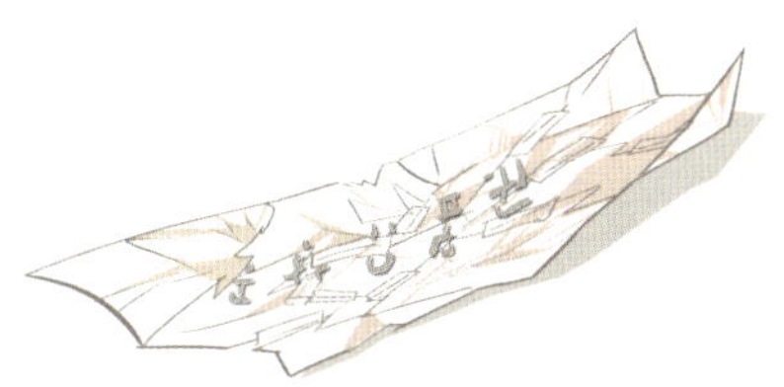

찢겨진 아빠의 진심 . . .

 제3장 아빠의 편지

태한아 !

글쎄. 내 표정이 좋아졌다고? 얼굴이 밝은 빛이 돈다고? 고마워… 그런 칭찬… 참 오랜만에 듣는데… 그래, 초등학교 때 이후로 처음이야. 난 늘 어두웠고, 마음속은 더 컴컴했지. 얼마 전에 내 생일이었어. 괜찮아. 아무 한테도 말하지 않았으니까. 내 생일에 친구들을 초대하지 않는 게 내 버릇이야. 물론, 초등학교 때는 그러지 않았지. 내 친구들은 우리 가게에 와서 내 이름으로 우리 아빠가 직접 만든 케이크를 맛보고 흥분해서 어쩔 줄 몰라 했지. 다들 그랬지. 이렇게 맛있는 케이크를 처음 먹어 본다고…

아빠는 내 생일이 아니고는 누리케이크를 만들지 않으셨어. 그 케이크에 도대체 무슨 재료가 들어가기에 이렇게 독특한 맛이 나냐고, 엄마가 아무리 캐물어도 아빠는 가르쳐 주지 않았어. 이렇게 만들어서 대량으로 팔자고 엄마가 그랬지만, 아빠는 고개를 내저었지. 돈이 문제가 아니라고. 세상에서 유일한, 우리 공주님만 맛볼 수 있는 케이크를 팔수는 없다고 아빠가 말했지. 대신 생일날만큼은 누리케이크를 마음껏 즐길 수 있었지. 아빠는 다른 날에는 그 케이크를 만들지 않으셨어. 아무리 졸라도 엄마한테도 비법을 가르쳐 주시지 않으셨지.

아빠는, 정말 특별난 케이크, 세상에서 하나 밖에 없는 케이크
를 내 생일 때 마다 만들어 주셨던 거야. 그래. 작년과 이번 해에
는 그러지 못하셨어. 아빠는 예전의 아빠의 모습을 서서히 잃어
가셨지. 술 때문에…… 망가진 것들의 목록에 누리케이크도 속
하는 거지 뭐. 나는 공연히 화가 나고 짜증이 나고 세상이 암흑
으로 덮여간다는 생각이 들었어. 엄마한테도 퉁명스럽게 대하
고, 내 주위에는 친구들이 점점 없어져갔지.

그런데 요 며칠 전, 생일날에 말야. 신기한 일이 일어났어. 아
빠한테서 편지를 받았어. 태어나서 처음으로 말야. 아빠는 내게
들려줄 말들을 그대로 녹여 케이크를 만드셨지. 그런데 케이크
를 만들지 못 하는 이번 생일에는 케이크 대신 편지를 보내 주셨
던 거야. 그리고 꿈을 실어다 줄 멋진 학 모양 연필꽂이도 함께.
편지 내용이 뭐였냐고? 뭐기에 내가 이렇게 싱글벙글하냐고? 그
러게… 아빠는 단지 있는 그대로 솔직하게 쓰셨어. 미안하다고.
그리고 사랑한다고. 그래, 그게 다야. 그런데 나는 계속, 계속 눈
물이 나는 거였어. 어제… 엄마와 함께 아빠한테 갔었어. 맞아.
처음으로 면회를 다 갔지. 엄마가 말린 탓도 있지만, 나는 아빠
가 입원해 있는 병원을 경멸했었어! 그런데 어떻게 면회를 갈 수
있었겠니? 아빠와 함께 알코올 교육을 받았어.

여기, 병원에서 주는 자료가 있는데 한번 볼래?

www.한사랑병원.kr

한사랑병원
치료과정 안내서

회복의 또다른 주인공 – 바로 **가족** 입니다

한사랑병원

치료와 회복과정

궁금해요 14. 알코올 중독의 치료는 어떻게 이루어지나요?

중독증의 치료에서 첫 시작은 일단 술과 격리하고 해독을 하는 것이 중요합니다. 술을 끊으면 심각한 금단증상이 생길 수 있기 때문에 대개 입원치료 상황에서 해독을 하는 것이 안전합니다.

해독치료는 금단 증상을 해결하기 위한 치료입니다.

신체적 의존이 심한 사람은 환각, 정신 혼란, 심한 몸 떨림, 부정맥, 경련 등의 치명적인 금단증상이 생길 수가 있는데 특히 이런 경우에는 응급으로 치료하여야 합니다. 환자가 술에 의해 내과적인 손상이 있을 수도 있으므로 환자의 신체 상태에 대한 철저한 검사와 진단이 필요합니다.

중독자는 대부분 영양결핍이 동반되므로 적절한 영양 공급을 해주어야 하고, 금단증상을 줄이기 위한 정신과적 약물 투여도 병행되어야 합니다. 대개 2-3주 정도면 알코올의 해독치료는 마무리가 됩니다.

해독치료 후 본격적인 변화 동기 강화치료와 인지행동치료가 시작됩니다.

변화 동기 강화 치료와 인지치료는 다음 4가지를 목표로 합니다.

1) 중독자의 신체적, 정신적인 건강을 회복하도록 합니다.
2) 술을 끊고사 하는 동기를 강하게 합니다.
3) 술 마시지 않고도 생활할 수 있도록 생활 방식을 변화시키
   도록 합니다.
4) 금주 상태를 유지시키고 재발을 예방합니다.

또한 이러한 치료 과정에서 술 마시고 싶은 충동을 억제시키는 항갈 망제와 편안한 수면을 도와주는 수면제, 우울감, 불안감이 술로 이어지지 않도록 하는 항우울제와 항불안제 등의 약물치료도 병행됩니다.

중독증의 치료 단계와 치료 목표

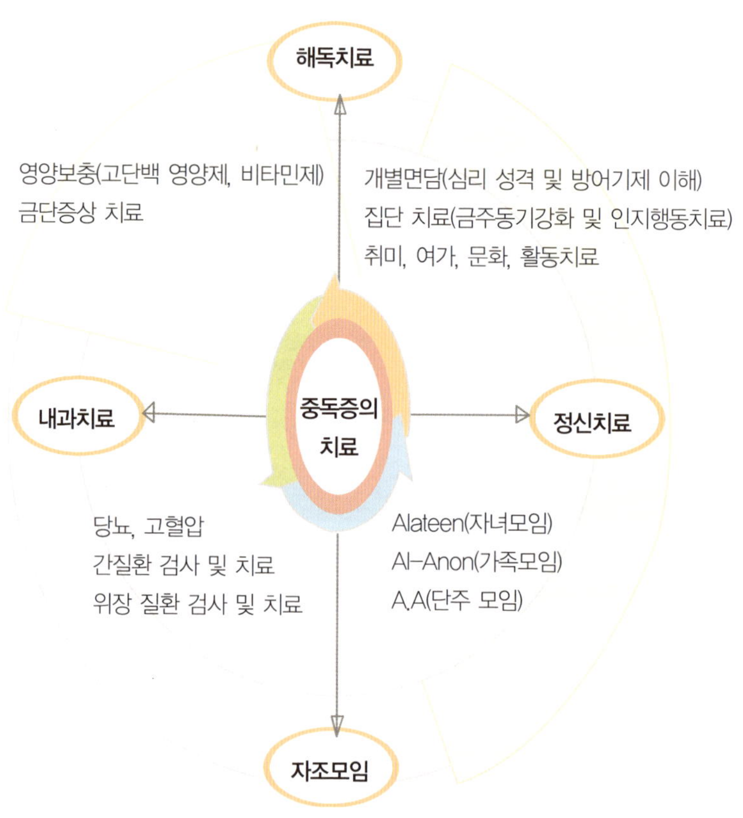

알코올 중독 치료 10계명

1. 누구나 걸릴 수 있는 병(부인하거나 수치스럽게 생각 않기)

2. 전문가의 도움 받기(전문 병원 도움)

3. 단주를 더 중요하게 하기(단주를 중심으로 생활하기)

4. 오늘 하루만 술을 끊는다는 단주의 다짐

5. 하루하루 생활 계획, 실천, 반성하기

6. 위험 상황 피하기(회복 초기 술자리 관련 상황 무조건 피하기)

7. 절대 자만하지 않기(수년 단주도 긴장을 유지하기)

8. 건강관리에 힘쓰기(운동, 휴식 등)

9. 자조 모임에 나가기

10. 3대 망상 피하기

    – 홀로 망상(혼자 끊을 수 있다)

    – 절주 망상(조절해서 마시겠다)

    – 첫잔 망상(한 잔만 마시겠다)

알코올중독의 치료는 전문적인 병원의 도움과 자조모임 참석 등 자발적인 환자의 치료 의지와 병합될 때 가장 효과적입니다.

 **궁금해요 15.** 남편이 입원 치료를 받는 동안 가족들은 어떻게 해야 할까요?

먼저 가족들이 환자를 대하는 태도와 생활 방식을 바꾸는 것이 중독증 환자의 회복을 도울 수 있습니다.

알코올중독 환자와 오랜 기간 생활해 온 가족들은 환자와 술에만 지나치게 신경을 쓴게 되면서 자신의 생활이 없어지게 됩니다. 알코올중독 환자가 술을 얼마나 마시는지 감시하거나 술을 마시는 것에 대해 잔소리를 하거나 숨겨둔 술을 찾거나 술을 마시지 못하게 하려고 술을 쏟아버리는 등의 행동을 하던 가족은 환자가 입원치료를 시작했을 때 허전함, 불안함을 느낄 수도 있습니다.

그렇다고 환자에게 계속적으로 집착하는 행동은 전혀 도움이 되지 않습니다. 이렇게 하면 속은 시원할지 몰라도 상황은 더욱 나빠집니다. 오히려 하루 중에 자신이 쉴 수 있는 시간을 만들어 두고, 자신이 하고 싶은 일을 해보도록 합시다. 또한 나머지 가족들의 건강을 위해 할 수 있는 일을 찾아보도록 합니다.

이제, 치료시기별 가족들이 어떻게 대처하는 것이 좋은지 알아보도록 할까요?

알코올중독 환자에게는 냉정한 사랑이 필요합니다.

어린아이를 대하듯 과잉보호를 하거나 무조건적인 사랑을 주는 것도, 반대로 무관심하며 전혀 신경 쓰지 않으려고 하는 것도 환자에게 전혀 도움이 되지 않는다는 점을 명심합니다.

입원 시기별 보호자의 바람직한 태도

입원초기

환자가 금단 증상의 안전한 해결과 집중적인 치료를 받을 수 있도록 면회와 전화를 당분간 제한하는 것이 현명합니다.
환자가 자기의 음주문제 심각성에 대한 인식이 부족하고 입원을 거부할 경우 가족들이 편지를 통해 환자의 음주문제에 걱정되는 점들을 적어 환자에게 정보를 제공하는 것도 도움이 됩니다.

입원중기

금단증상 치료 후 본격적인 변화동기강화치료와 인지행동치료가 시작되면 환자가 치료단계에 따라 치료에 협조하도록 격려합니다.
환자가 계획되지 않은 외출, 외박을 희망할때는 치료진과 의논하여 계획된 외출, 외박으로 치료에 활용될 수 있도록 합니다.

퇴원준비

퇴원 2주전부터 치료진과 의논하여 퇴원계획을 세우도록 합니다.
약물조정과 치료사항 점검을 통해 재발을 예방하도록 하는 것이 중요합니다.

입원치료 시 가족들은 환자의 회복을 돕도록 하며,
전문적인 치료진과의 긴밀한 협조와 협력이 필수적입니다.

궁금해요 16. 중독증에서 벗어나려면 완전히 술을 끊어야 할까요? 소량으로 조절해서 마시면 안 되나요?

알코올 중독이나 의존의 핵심 증상이 술에 대한 조절력이 상실되는 현상이므로 일단 술을 한 잔이라도 마시면 그 자체가 우리 뇌에서 술에 대한 조절력을 마비시키게 됩니다. 따라서 일단 중독 단계에 이르면 이후로는 소량으로 조절해서 마시는 것은 불가능 하게 되며 많은 사람들이 재발 하게 되는 중요한 이유 중 하나입니다.

수 십 년간 먹어온 술을 어떻게 몇 달 만에 끊을 수 있습니까?
처음부터 단 한 번에 완전 금주를 성공 할 수 있는 경우는 쉽지 않습니다. 그러나 '하루하루에 살자', '첫잔을 피하자' 는 A.A.(단주하는 알코올중독자들의 모임)의 구호처럼 당장의 음주 충동을 참아내고 전문적인 도움을 받으며 장기간의 꾸준한 연습과 훈련을 하면 가능해집니다.

치료 받기보다는 내 의지로 술을 끊어 보면 어떨까요?
만약 고혈압, 당뇨, 중풍에 걸렸다고 해도 의지로 병을 치료 하겠다는 어리석은 생각을 할 수 있을까요?

알코올 중독은 질병 또는 뇌질환이라는 심각성을 인식해야 합니다. 의지도 중요하지만 먼저 전문적인 도움이나 치료를 받아야 합니다.

입원 치료 후에도 지속적인 치료가 필요할까요?

중독증이 오랜 기간을 거쳐 형성되듯이 중독증의 회복도 단기간에 이루어지지 않으며 더구나 술을 마시지 않고 살아가는 생활 습관을 갖추기 위해서는 지속적으로 노력하여야 합니다.

음주로 인하여 병원에 입원을 하거나, 심각한 신체 합병증이나 사회적인 문제(부인의 이혼 요구, 경제적인 파탄, 직장 상실)로 심각한 위기를 맞이한 경우에 대개 입원을 하는데 퇴원 후에 규칙적으로 치료를 받지 않으면 알코올중독증으로 인하여 겪고 있는 고통과 이려움을 잊이비리고 금주를 하고자 하는 동기가 약해져서 다시 술을 마시게 됩니다.

통원치료에 의한 도움 없이는 시간이 갈수록 술로 인한 과거의 고통은 쉽게 잊어버리고 술을 마시는 순간의 즐거움만 생각하게 됩니다. 그래서 왜 금주를 유지해야만 하는가 하는 근원적인 이유를 생각하지 않게 되다가 결국, 술을 끊고자 하는 동기마저 상실하게 되기 때문입니다. 마치 폐결핵을 치료하기 위하여 결핵약을 복용하다가 각혈, 기침 등의 증상이 없어졌다고 해서 투약을 중지할 정도로 결핵균이 죽은 것은 아닌 것처럼 말입니다. 중독증을 치료하기 위하여 외래 치료를 받다가 자신감이 생겼다고 해서 치료를 중단할 만큼 회복된 것은 아닌 것입니다.

규칙적인 전문가에 의한 외래치료와 금주동기강화훈련 및 생활방식의 변화가 유지되어야 지속적으로 재발을 하지 않고 단주를 유지할 수 있습니다.

외래치료는 얼마동안 받아야 할까요?

외래 통원치료의 목표는 다음 세 가지로 말할 수 있습니다.

* 입원치료 시간에 배운 여러 가지 금주를 위한 방법들을 실생활에
  서 적용시켜 숙달되게 합니다.
* 과도한 음주로 인하여 발생한 가족과 친구와의 갈등과 문제를
  해결합니다.
* 금주를 위한 동기를 지속적으로 유지시켜 주는 것입니다.

개인에 따라 차이가 있겠지만 술을 마시지 않고 살아가는 생활방식에 익숙해져 어느 정도 편안함을 느끼고, 과도한 음주로 인하여 발생한 가족과 친구와의 갈등이 해결되어 대인관계가 다소 원만 해지는 데는 대개 6개월 내지 1년이 걸립니다.

단주친목 모임(A.A. - Alcoholics Anonymous : 익명의 알코올중독자들)은 음주조절능력을 상실하고 음주의 결과로 여러 가지 문제에 빠져 있는 자신을 발견한 남녀들의 모임입니다. 단주친목 모임에 참여하는 것은 금주를 향한 동기를 높이고 술 마시지 않는 새로운 생활습관을 정립하는데 크게 도움이 됩니다. 특히 자신보다 금주 기간이 훨씬 오래 된 선배 회복자들의 경험을 듣고 그 사람들의 도움을 받음으로써 보다 빠르고 쉽게 회복으로 나아갈 수 있습니다.

중독증으로부터의 회복

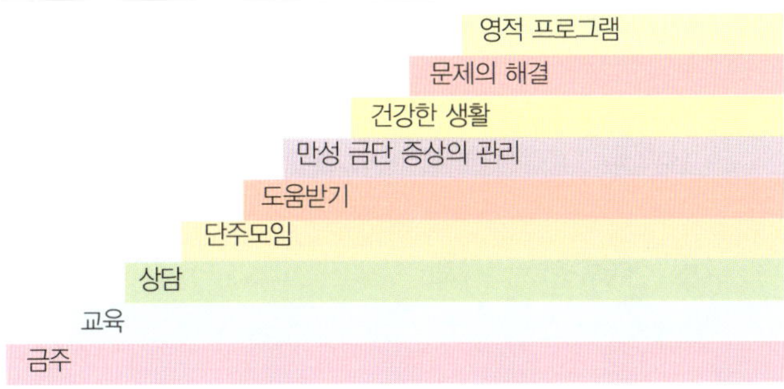

균형잡인 생활

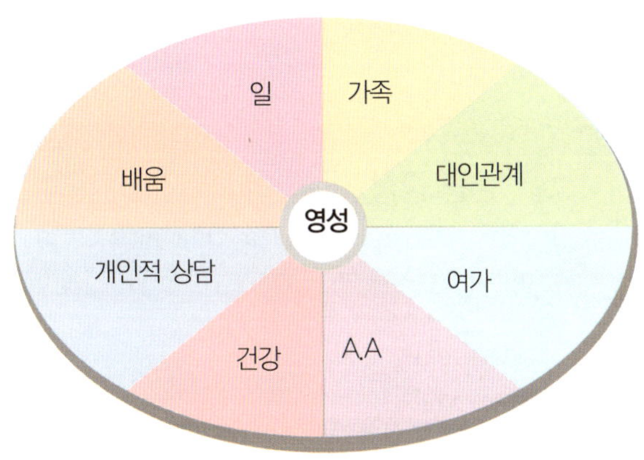

퇴원을 한 이후에도 지속적인 전문치료와 자조모임 참석, 규칙적이면서 건강한 생활의 관리 등이 종합적으로 이루어져 단주생활이 유지될 수 있도록 해야 합니다.

궁금해요 18. 약물치료는 어떻게 하며 치료제는 어떤 것이 있나요?

음주의 원인 치료

음주의 원인이 되는 우울증, 공황장애, 불안증,
수면장애가 있을 때 이에 대한 약물치료를 실시합니다.

음주충동 억제

술을 마시고 싶은 욕구는 뇌에서 복잡한
신경 전달 물질의 상호작용에 의해서 이루어지는데
이에 작용하여 음주충동이나
갈망을 억제시켜주는 약물을 공급합니다.

이차적 정신 문제

알코올 금단에 의한 이차적인 정신과적 문제
(불안, 우울, 수면장애, 흥분, 공격성)에 대해
적절한 치료 약물을 투여합니다.

금단 증상 치료

안전한 입원 치료 상황에서 결핍된 비타민을
투여하여 뇌손상을 막습니다.
탈수와 전해질 불균형을 막기 위해
수액제를 공급합니다.
알코올로 인한 간질의 과거력이 있는 환자에게
이를 예방하기 위해 마그네슘설페이트를 공급합니다.

전문의를 통해 처방받은 약물의 안전한 복용은 중독증을
비롯한 여러 가지 정신적 어려움에서
벗어나는데 도움이 됩니다.

궁금해요 19. 남편이 술을 마시지 않으니 잔소리가 심해졌는데 왜 그럴까요?

중독자가 술을 마시지 않게 되면 소수의 배우자에게는 오히려 짐이 될 수 있습니다.

* 술 마실 때는 배우자의 생활에 간섭하지 않던 중독자가 금주하고 부터는 간섭이 심해집니다.
* 화를 잘 내고 짜증을 냅니다.
* 금주하지만 일을 하지 않으니까 별로 나아지는 것이 없습니다.

그래서 무의식적으로 차라리 다시 술을 마시는 것이 낫다는 마음이 들 수도 있습니다. 중독자의 금주 기간 동안에 배우자가 괴로움이나 불편함을 느끼면 이를 치료자와 상담을 합니다. 그래서 자신의 괴로움과 불편함의 이유를 찾아서 해결하는 것이 필요합니다.

왜 이런 일이 생길까요?

알코올중독증은 신체적, 정서적, 사회적 합병증을 가진 질병입니다. 술을 끊었다고 해서 하루아침에 모든 상태가 회복되는 것은 아닙니다. 즉 알코올중독이 되면 술을 마시는 동안에도 문제가 발생하기도 하지만 술을 마시지 않고 지내는 동안에도 문제가 발생합니다.

예를 들면 만성 금단 증상이라고 하는 것이 있습니다. 알코올중독으로 인한 후유증이라고 생각하면 됩니다. 이는 뇌 인지기능의 손상과 주변 생활의 문제 및 어려움에 대처해야 하는 스트레스 등이 복합적으로 작용하여 발생합니다. 뇌 신경계 손상의 회복은 전문적 회복을 위한 프로그램의 도움 시에도 6-24개월 정도가 소요됩니다.

치 료 와 회 복 과 정

만성 금단 증상의 종류에는 올바르게 생각하기가 힘들고(집중력, 기억력이 떨어지고, 현실 판단력이 떨어짐. 방금 했던 말을 기억하지 못 하고 반복적으로 했던 말을 함), 신체협조가 잘 되지 않고(손발이 잘 맞지 않고, 일을 함에 있어 정확성이 떨어짐), 스트레스를 잘 견디지 못 하며(다른 사람의 말에 쉽게 짜증이나 화를 냄), 수면에 문제가 생기는 것(잠을 제대로 못 이루고, 자주 깨고, 악몽을 자주 꿈) 등이 있습니다.

또한 알코올중독으로 인해 성격 변화(다른 사람을 배려하지 못하고 자기중심적으로 변함, 참을성, 너그러움, 인내심이 부족해 짐)가 있습니다. 이런 만성 금단 증상이나 성격 변화를 함께 치료하지 않으면, 조만간 재발할 확률이 아주 높아집니다.

만성 금단 증상의 종류

1. 올바르게 생각하지 못함	– 사고의 장애 및 뇌기능 장애 – 집중력의 장애 – 추상적, 논리적 사고 장애 – 사고 경직 및 집착
2. 기억력 장애	– 단기 기억 장애 – 새로운 정보 학습 장애
3. 감정적인 과잉반응이나 무감각	– 감정 반응 일상 2 정도 수준에 10반응 – 이유없이 불안, 흥분 – 무감각과 감정 기복
4. 수면장애	– 초기 회복기시 이상하거나 불안한 꿈 – 악몽과 지속적 수면장애 양상
5. 조화로운 신체 동작의 어려움	– 현기증, 균형장애, 협조 운동장애 – 반사 신경의 느려짐 – 마른 주정
6. 스트레스에 대한 취약성	– 가장 혼란스럽고 괴로운 증상 – 무능력(간단한 문제도 해결하지 못함) – 극복 방법을 배움

금주 유지기간 중에 만성 금단증상이 발생하여 불편함과 어려움을 초래할 수 있습니다. 따라서 이에 대한 정확한 이해와 도움이 단주 유지에 필수적입니다.

궁금해요 20. 남편이 한 달째 술을 마시지 않고 있는데 이제 완치가 된 것일까요?

중독증으로부터의 회복은 단순히 금주 또는 금주 결심만으로 이루어지지는 않습니다. 여러 가지 직업 수행의 어려움, 가족 내 갈등 해소 노력과 전반적인 사회생활, 여가 활용 등을 포함하는 생활의 모든 영역의 변화를 포함합니다. 따라서 회복은 단기간 내에 이루어지지 않으며, 본인의 노력과 태도 변화, 생활 방식의 변화가 필수적으로 필요합니다.

음주 충동은

술 마시는 행동에서 일어나는 마음속에 잠재되어 있는 강렬한 연상 작용으로 반복 음수로 인한 특싱석 행동 양상을 의미합니다. 또한 중독증의 심한 정도의 척도로서 수년간 음주 후 상당 기간 금주에도 유발인자로 인한 음주 충동으로 재 음주가 발생하게 됩니다.

알코올 중독자의 단주(단주 생활)는

단계적이고 발달적 회복 과정으로 일차적으로 술을 끊는 것으로 시작하여 점차 중독으로 인한 신체적, 정신적, 사회적, 가족적, 영적 손상으로부터 회복을 모두 포함하는 과정을 의미 합니다.

치료와 회복 과정

회복 사례)

　김회복 씨는 초기 수년간 수차례 병원 입퇴원을 반복해도 변화가 없었습니다. 당시에는 자신은 무엇이든지 할 수 있는데, 주위에서 자신을 믿지 못하고 아무 일도 맡기지 않는다고 불평하고, 가족들에게 섭섭한 감정을 늘 가지기만 했습니다.

　어느 시점에 자신이 스스로 변해야 한다고 자각하고 직장을 구하는 일보다 단주에 혼신의 힘을 다하였습니다. 병원에서 배운 것들을 실천하였습니다.

　규칙적이고 건전한 생활, 과거 술친구 피하기, 자조모임 참석하기, 외래 통원 치료 등.

　자신의 생활이 정리되면서 시간이 많이 남아 등산도 하고 집 청소뿐만 아니라 동네 청소도 하게 되었습니다. 가족 뿐만 아니라 주변의 이웃들도 사람이 성실하게 변했다며 점차 신뢰를 하게 되었습니다. 어떤 이웃은 직장을 알선해 주기도 하였지만, 자신이 그 일을 잘 할 수 있을지, 준비가 되어 있는지 냉정하게 생각해서 현재 상태로는 부족하다고 느껴 고맙지만 현재는 준비가 덜 되었다며 사양을 하였습니다.

　단주를 잘 유지하던 중 재발을 경험하기도 하였지만 준비해둔 재발 대처 방법대로 2-3주간의 입원 치료 후 퇴원하여 다시 자신의 생활을 잘하고 있습니다. 현재는 자조 모임의 중요 멤버로 활동하고 있습니다.

얼마 동안만 술을 끊으면 낫는다?

알코올 중독은 만성적인 질병입니다.

서서히 진행하여 병이 들었다는 것을 빨리 알아차리기 어렵게 됩니다.

회복은 장기간의 치료를 필요로 하며, 신체적 회복(신체를 치료)

정신적 회복(태도와 믿음을 치료),

행동적 회복(병을 키우는 습관으로 부터의 회복을 돕는 습관으로의 변화),

사회적 회복(중독증적 생활 양식보다 건강한 생활 양식으로 다시

적응하는 것)을 키우는 전반적인 치료를 필요로 합니다.

알코올중독은 일정기간 음주중단과 폭음을 반복하는 음주양상
을 보이는 만성적인 질병입니다. 따라서 중독증으로부터 회복되
기 위해서는 1년 이상의 단주기간이 필요하며 이후에도 완치가
아닌 지속적인 재발예방과 유지관리의 노력이 필요합니다.

궁금해요 21. 중독증으로부터의 회복은 어떤 단계로 진행하나요?

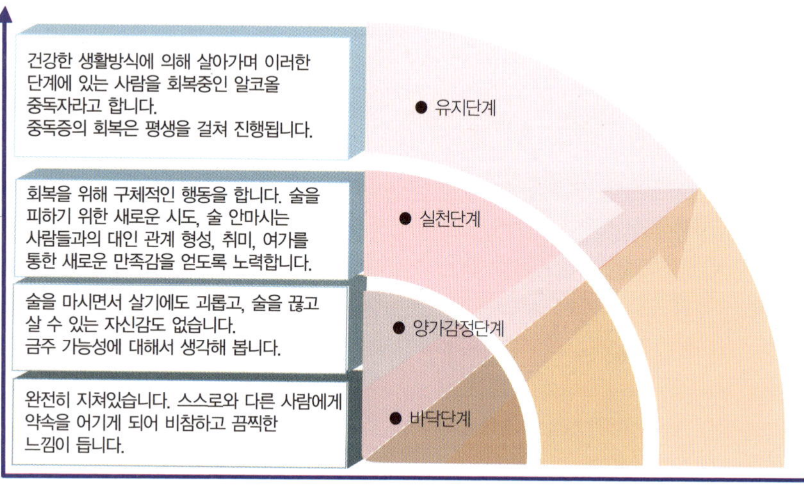

회복의 어려움	대처방법
1. 음주 조절력의 상실 (뇌 신경계 손상 : 뇌 질환)	– 음주 피하기 – 적극적인 치료

2. 만성화 과정 : 수년–수십년간
   지속 (황폐화: 습관과 성격 변화
   가 동반)
	– 생활 변화
	– 단주 생활

3. 의지와 마음먹기 (잘못된 생각과 믿음)	– 교육 – 치료 협조와 노력
4. 심각한 상태에 내원 (중독 중기–말기 수준)	– 입원 치료 – 집중 관리
5. 도움을 거부	– 약물, 외래, 입원 치료 – 자조 모임 – 종교 – 가족 협조
단주 성공 가능성 낮음	– 단주 성공 가능성 높음

회복이 진행됨에 따라 여러 가지 어려움이 발생할 수 있습니다.

이에 대한 현명한 대처방법을 잘 준비해 둔다면 술 없이도 마음 편안하고 건강한 삶을 누릴 수 있습니다.

회복 중에 나타나는 여러가지 어려움에도 쉽게 흔들리지 않으면서 이러한 부분을 잘 극복하기 위해 필요한 마음가짐이 있습니다.

평상심

- ▶ 나를 이기는 힘
- ▶ 세상을 사는 실천적 철학
- ▶ 적극적 인생을 사는 자세
- ▶ 용기있게 나아가기
- ▶ 흔들리지 않는 중심
- ▶ 한 길(나의 길)을 가는 마음

평온함을 청하는 기도문

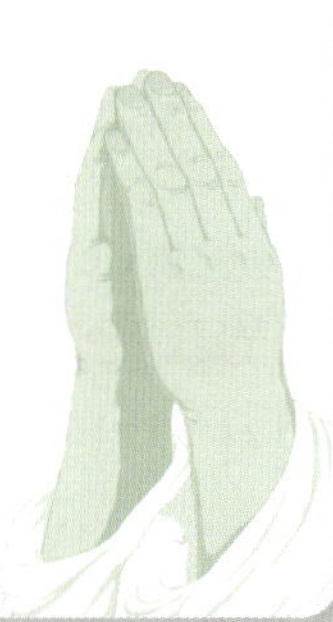

어쩔 수 없는 것을 받아들이는 평온함을 주시고
어쩔 수 있는 것을 바꾸는 용기를 주시고
그리고 이를 구별하는 지혜도 주소서

중독증으로부터의 회복은 성장을 위한 여행입니다.

알코올 중독으로부터의 회복은 점차적이고 단계적으로 진행됩니다. 이러한 회복단계에서의 어려움과 대처방법을 잘 아는 것이 중요합니다.

14. 알코올중독의 치료는 전문적인 병원의 도움과 자조모임 참석 등 자발적인 환자의 치료 의지와 병합될 때 가장 효과적입니다.

15. 입원치료 시 가족들은 환자의 회복을 돕도록 하며, 전문적인 치료진과의 긴밀한 협조와 협력이 필수적입니다.

16. 알코올중독은 조절력 상실이 핵심 증상으로 조절음주가 불가능하며 완전금주를 목표로 해야 합니다.

17. 퇴원을 한 이후에도 지속적인 전문치료와 자조모임 참석, 규칙적이면서 건강한 생활의 관리 등이 종합적으로 이루어져 단주생활이 유지될 수 있도록 해야 합니다.

18. 전문의를 통해 처방받은 약물의 안전한 복용은 중독증을 비롯한 여러 가지 정신적 어려움에서 벗어나는데 도움이 됩니다.

19. 금주유지기간 중에 만성금단증상이 발생하여 불편함과 어려움을 초래할 수 있습니다. 따라서 이에 대한 정확한 이해와 도움이 단주유지에 필수적입니다.

20. 알코올중독은 일정기간 음주중단과 폭음을 반복하는 음주양상을 보이는 만성적인 질병입니다. 따라서 중독증으로부터 회복되기 위해서는 1년 이상의 단주기간이 필요하며 이후에도 완치가 아닌 지속적인 재발예방과 유지관리의 노력이 필요합니다.

21. 알코올중독으로부터의 회복은 점차적이고 단계적으로 진행됩니다. 이러한 회복단계에서의 어려움과 대처방법을 잘 아는 것이 중요합니다.

제 4 장

함께 찾은 꿈

아빠가 참, 편안한 눈빛으로 웃으셨어. 그리고는 내 손을 꼭 잡아 주셨어. 나는 아빠의 까칠까칠하게 수염이 자라 올라오는 턱을 손바닥으로 비벼댔지.

"따갑지? 우리 숙녀님?"

아빠가 걱정스러운 듯 물었어.

"아니, 아빠 … 시원해. 저절로 지압이 되는 것 같아 …"

라고 말하며 소리 내어 웃었어. 우리는 자주 이런 장난을 치곤 했지. 열 살 때까지 말야. 아빠가 덩달아 웃으면서

"우리 공주님이 이제 참, 많이 자랐네...아빠를 용서해줄 줄도 알고…"

라고 했어. 나는 아빠를 안아드렸어.

아빠는 언제부터 이렇게 야위어졌을까. 그렇게 커보였던 아빠의 등이 이렇게 작아진 줄 미처 몰랐더랬어. 참, 아빠한테 다녀온 뒤 엄마와 나는 뭔가 달라진 집안 분위기를 느꼈지. 아빠가 병원에 입원하고 나서는 집안이 텅 빈 것만 같았어. 바람만 휘휘 대곤 했지. 사막의 보이지 않는 모래들이 방마다 쫘악 깔려있는 것만 같았지. 그런데 그런 푸석푸석한 사막의 냄새가 더 이상 나지 않는 거야.

참, 이상하지? 세상이 변한 게 아니라 세상을 바라보는 내 마음의 눈이 바뀐 것 같아. 더 이상 서글프지도, 더 이상 어둡지만도 않았어. 마치 언제나 푸르고 맑은 하늘처럼 말야. 하늘을 가리고 있었던 것은 구름이었지. 하늘은 단 한 번도 제 모습을 바꾸지 않았어. 먹구름이 걷히고 나면 맑고 고운 하늘이 본래의 모습 그대로를 드러내듯이 말야. 아, 난… 뭔가 단단히 먼지가 묻어 제대로 내다볼 수 없었던 내 마음 속 유리장을 깨끗이 닦아낸 느낌이 들어. 내 표정이 달라졌다고, 많이 좋아졌다고 말해줘서 고마워.

태한아. 넌, 참 좋은 친구야.

나태한의 말

누리야!

아냐. 난 좋은 친구가 아냐… 그렇게 말하니까 부끄러워 견딜수가 없어. 난… 난 말야. 욕도 잘 하고, 동생도 잘 때리고, 엄마한테 있는 대로 짜증을 부리고, 아빠한테 조차 대들고, 마음속으로는 몇 번이고 아빠를 죽이기도 하고… 별 짓을 다하는 내게 좋은 친구라니… 넌, 날 모르는 구나. 내가 생각해도 난 악하기 그지없는데……

그런데 누리야, 네 말을 듣고 있으니 마음이 편안해져. 뻣뻣하게 작대기 같이 힘들었던 마음이 부드럽게 펴지는 것 같아. 정말고마워. 내가 할 소리를 네가 하는 구나. 넌, 정말 좋은 친구야. 누리야. 네가 병원에서 알코올 교육 시간에 받았다고 하는 자료를 들고 와서 엄마한테 보여 드렸어. 예상했던 대로 엄마는 이딴거 열 번도 더 넘게 받아봤다며 방바닥에 휙 내 던지더군. 다른때 같았으면 버럭 고함이라도 질렀을 테지만, 그러지 않았어. 그런 엄마조차 상처 입은 새처럼 보였거든. 얼마나 힘들었으면 엄마도 스스로를 저렇게 팽개치는 걸까. 그래서 엄마가 듣든, 듣지않든지 그냥 읽어 드렸어. 애, 애… 그만 둬라. 난 듣지도 않는다. 안 들을란다… 라고 엄마가 손을 내젓든 말든 상관없이.

아예 무시하며 자리에 누워 눈을 감고 있는 엄마 곁에서 계속 읽어 드렸어. 졸지에 나는 책 읽어주는 남자, 아니… 팸플릿을 읽어주는 남자가 되었지 뭐니. 처음에는 완강하게 손을 내저으며 거부하던 엄마가 내 목소리가 꽤 좋았는지… 듣는 둥 마는 둥 반응이 없더니만, 그래? 거… 참, 나는 몰랐네… 하고 내용에 반응을 보이는 거야. 그만 읽을까 생각 중이었는데 그 말에 힘내서 마저 읽었지 뭐니. 정말 흐뭇한 날이었어. 거의 막바지까지 읽는데 엄마는 소로로 잠이 드셨지. 세상에… 팸플릿 읽는 중에 잠드는 사람은 우리 엄마 밖에 없을 거야. 재미있지?

팸플릿에는 우리와 같은 가족들이 읽어야 할 다양한 정보들이 있었어. 들어봐.

 제4장 함께 찾은 꿈

호사랑 병원
약그릇 중독
호사랑병원
호사랑병원

보호자의 역할

알코올 중독 가족의 특징을 알아 봅시다.

1. 음주가 가족 생활의 중심이 됩니다.

- 중독자는 음주가 생활의 중심이 되고 다른 가족들은 중독자의 필요에 종속되어 따라가게 되며 중독 중심의 평형 상태를 유지하기 위해 다양한 역할을 가족들이 하게 됩니다.

2. 공동 의존 상태가 됩니다.

- 환자의 음주로 회사에 결근시 부인이 직장에 전화를 하여 남편이 아파 출근을 못하게 된다는 변명과 거짓말로 상황을 모면하려는 시도를 하는 건강하지 못한 상황이 만들어지게 됩니다.

3. 폐쇄된 체제가 만들어 집니다.

- 가족 내에서도 환자의 술 문제에 대해 외부와 이야기하거나 의논하지 않고 숨기려 합니다.
- 가족 내에서 환자의 술 문제는 비밀로 유지되는 형태를 보입니다.

4. 알코올 중독증이 진행성인 질병인 것과 마찬가지로 가족의 문제도 진행성으로 악화 됩니다.

5. 가족 내 의사 소통의 다양한 문제들이 발생합니다.

알코올중독자 가족들의 모임인 Al-Anon에서는 도서 '우리 자녀들을 어떻게 도울 수 있는가'에서 다음과 같이 설명하고 있습니다.

[병에 대해 설명해 주기]

무슨 일이 일어나고 있는지 아이들은 모를 것이라고 생각하면서 우리 자신을 기만하기는 쉬운 일이다. 그러나 우리가 정말 솔직하다면, 우리는 아이들이 무언가 일이 아주 잘못되어 가고 있다는 것을 '눈치채고' 있음을 알게 될 것이다. 아이들은 진실을 파악하는 놀라운 능력을 지니고 있다. 비밀과 거짓말로 병을 감싸버리는 것은 알코올중독이라는 병에 대해 솔직하게 말해주는 것보다 훨씬 더 두려움을 주는 일이다.

어린 자녀들에게 알코올중독이라는 병을 설명하면서 그 병을 알레르기에 비유하면 도움이 될 것이다. 또 우리는 알코올중독자가 환자이며 그가 취중에 한 말들은 모두 진담이 아니라고 말해줄 수 있겠다. 결코 아이들에게 음주에 대한 책임이 있는 것이 아니라는 사실을 조심스럽게 설명해 주어야 하며, 그들을 사랑한다는 것을 상기시켜 주어야 한다.

술 문제에 대해 가족인 아이들에게 솔직하게 이야기하고 이해를 돕도록 합니다.

보호자의 역할

궁금해요 24. 가족들이 다같이 모이는 자리에서 술을 마시지 말아야 할까요?

술자리나 모임이 생겼을 때 어떻게 해야 할까요?

다른 사람으로부터 음주에 대한 권유를 받는 것은 흔한 일입니다. 그러나 이는 금주를 결심한 알코올중독자에게는 재발의 위험이 높은 상황이기도 합니다.

회복 초기에 술자리는 가능한 피하는 것이 좋습니다.

하지만 술자리라 하더라도 꼭 참석을 해야 하는 자리이거나, 예상치 못한 자리에서 음주 권유를 받을 수 있습니다. 음주권유를 받을 경우 효과적으로 거절하는 방법을 터득하는 것이 중요합니다. 음주권유를 거절하기 위해서는 금주를 하겠다는 결심보다 더 단호한 결심이 요구됩니다. 또한 이러한 결심을 실천하고자 하는 특별한 자기주장 기술이 필요합니다. 음주거절기술은 실제 음주를 권유받는 상황에서 보다 빠르게 그리고 보다 효과적으로 음주를 거절할 수 있도록 도울 것입니다.

또한 중독자에게 더 거절할 수 없는 곤란한 상황이 되면 자신에게 신호를 보내라고 합니다. 그런 경우에 적절한 말을 하여 중독자가 그 위기를 빠져나오게 합니다.

음주 유혹을 거절하는 방법

1. 한 번 중독이 된 사람은 단 한잔이라도 절대적으로 위험하며, 다른 사람이 술을 마시는지, 마시지 않는지는 아무 상관이 없습니다. 따라서 음주 위험이 큰 상황을 잘 알고 대처하여야 하며, 자신의 의지력과 결단력의 한계도 잘 인식해야만 합니다.

2. 모든 음주 유혹을 다 피할 수는 없으며, 또한 모든 대인 관계를 단절해야만 가능하지만 알고 있는 사람 중에서 술을 마시지 않는, 또는 최소 다른 사람에게 억지로 술을 권하지 않는 사람과 가까이 지내도록 노력합니다.

3. 술을 권할 때 효과적으로 거절하면 자신감과 자부심을 얻을 수 있으며, "미안합니다. 개인적인 이유 때문에 술을 못마십니다"라고 분명하면서 우호적으로 말하는 것이 효과적입니다.

4. 음주 유혹이 너무 강하면 자신의 생명이 달린 문제임을 인식하고 그 자리를 피해야 합니다.

단주를 시작한 초기에는 술자리를 가능한 피하는 것이 중요하며 음주 권유에 단호하게 대처하는 것이 필요합니다.

알코올 중독자가 더 이상 술을 마시지 않고 있더라도, 만성금단증상은 가족 구성원의 공동 의존증에 영향을 주게 됩니다. 중독증과 공동의존증의 증상이 서로의 재발 가능성에 영향을 주게 되며, 가족 구성원 모두가 자신의 회복에 대한 일차적인 책임을 가지게 됩니다. 따라서 가족은 중독증과 회복 그리고 회복 과정에 동반되는 현상들에 대해 알아야만 합니다.

중독증 환자에게 공동의존증 상태인 가족의 재발경고신호를 알아보면

1. 규칙적인 일상 생활의 틀이 깨어짐

2. 자신을 돌보지 않음

3. 자녀 허용의 한계 범위를 효과적으로 설정하고 유지하는 능력의 결여

4. 건설적인 계획의 상실

5. 우유부단함

6. 강박적인 행동

7. 휴식의 부족 또는 만성적인 피로감

8. 분노감, 막연한 불안

9. 정신이 복잡하고 혼란스러움

10. 외로움과 고립감, 절망감

따라서 가족 구성원들이 서로 안정되도록 노력하고, 서로의 회복을 돕고, 가족이 재발 예방의 가장 강력한 후원자임을 인식하고 도움을 주도록 합니다

보호자의 역할

단주기간에 중독자와 가족은 서로 영향을 주고 받게 됩니다.
가족의 믿음과 격려가 가장 강력한 회복의 후원자입니다.

궁금해요 26. 남편이 다시 술을 마시면 어떻게 해야 할까요?

알코올중독증이라는 병은 만성 질병입니다. 즉 이 병의 특성상 금주를 하는 과정에서 재발이 일어나기 쉽다는 것을 의미합니다. 따라서 중독자가 다시 술을 마시게 되는 경우를 대비해서 미리 계획을 세워 놓아야 합니다. 중독자가 다시 술을 마시게 되었을 때 그 피해를 최소한으로 줄이기 위한 노력이 필요합니다.

1. 실수로 술을 마신 경우에 대해 오해하지 않도록 합니다.

알코올중독증의 회복 과정에서 재발은 정상적인 과정의 하나입니다. 즉 자신의 의지와 상관없이 실수로 술을 마시게 될 수가 있다는 것입니다. 그러한 경우를 정확하게 조사해 보면 보통 스트레스가 심하거나 환경이 바뀌는 등 특수한 경우이며, 대비를 하면 다음부터는 피해갈 수 있는 상황인 경우가 많습니다.

그러나 많은 환자들은 다시 술을 마시게 되면 자신의 의지가 약해서 그렇게 되었고, 자신의 힘으로는 어쩔 수 없는 불가항력적인 이유 때문에 그렇다고 생각하여 금주를 쉽게 포기하게 됩니다. 그리하여 자포자기 상태에서 좌절감, 수치심, 절망감에 괴로워하며 예전의 음주상태로 되돌아가 완전히 재발하게 됩니다.

만약 이런 상황에서 환자와 가족들이 실수로 술을 마신 상황의 의미를 잘 알고, 이런 상황에 대처할 수 있는 방법을 배우게 되면, 완전 재발까지 가는 것을 막을 수 있고, 환자는 다시 회복 과정으로 돌아갈 수가 있습니다.

 가리사니를 위하여

환자가 실수로 술을 마신 상황에서는 가족들이 명심해야 할 것은

① 중독증의 회복 과정에서 재발은 정상적인 단계임을 이해합니다.
② 실수로 한번 술을 마셨다고 완전히 단주가 실패로 돌아간 것은 아닙니다.
③ 실수로 한번 술을 마셨다고 해서 그때까지의 변화들(이전에 비해 오래 술을 끊었음, 가속들과 관계가 좋아짐 능)이 모두 물거품이 되는 것은 아닙니다.
④ 실수로 술을 마신 행동은 당사자의 책임이지만 대부분의 실수들은 앞으로 노력을 하면 얼마든지 피해갈 수 있는 특수한 상황에서 발생하게 됩니다.
⑤ 실수로 조금 술을 마셨다고 해서 반드시 완전 재발되는 것은 아닙니다.

사실 긍정적으로 생각하면 이러한 실수는 술을 마시지 않고 살아가는 방법을 새로 배우는 과정에서 생길 수 있는 일입니다. 이런 실수를 통해 금주를 향한 마음을 더 굳세게 가질 수 있습니다.

 알코올중독 가족지침서

2. 재음주에 대비해서 다음과 같은 조치를 취하도록 합니다.

① 마음을 침착하게 먹고 환자가 술을 그만 마시도록 돕습니다.

② 필요한 경우(폭력의 위험이 있을 경우) 그 자리를 잠시 피합니다.

③ 도움을 청합니다(주위 가족, 병원, A.A., 가족친목).

④ 자신이 느끼는 감정(좌절감, 수치심, 절망감, 분노, 배신감)에 대해
   잘 알고, 그러한 감정들을 효과적으로 해결할 수 있는 방법을 찾습
   니다. (전문가와 상담, 가족모임에 참석, 이완, 명상, 종교 활동 등)

⑤ 다시 술을 마시게 된 상황을 구체적으로 검토해 보고, 앞으로 똑같
   은 실수를 피하기 위한 해결 방법을 환자, 치료진과 함께 의논합니
   다. 구체적인 재발예방 계획을 세웁니다.

명심해야 할 중요한 사실은 진정한 회복은 술을 마시지 않는 것 이상의 노력이 필요하다는 것입니다. 술로 인한 후유증(신체적 건강의 손상, 기억력 저하, 일 처리능력이 떨어짐, 수면 장애, 스트레스를 잘 받음 등)을 극복하기 위해 술을 마시지 않고, 얼마나 꾸준히 노력했는지에 따라서 회복의 정도가 결정된다는 것입니다. 따라서 한번의 실수가 자포자기하고, 그 자포자기하는 마음이 계속 술을 마시게 되는 원인으로 작용하게 해서는 안됩니다. 실수가 의미하는 것은 그 실수를 통하여 새로운 교훈을 얻고 치료에 좀더 적극적으로 참가하며 자신의 단주를 향한 동기를 더욱 강화시켜야 한다는 것입니다.

중독증의 재발은 경고 없이 갑작스럽게 저절로 발생하지는 않습니다.
재발경고신호의 전형적인 예는 다음과 같습니다.

1. 음주에 대해 생각하는 경우

2. 술을 마시고 싶은 충동을 느끼는 경우

3. 다른 사람들이 술을 마시고 있는 장소로 가는 경우

4. 회복을 위한 활동(외래치료나 단주 모임 등)에 참석하지 않는 경우

재발 시에는 다음과 같은 방법으로 현명하게 대처하도록 해야 합니다.

※ 안정화 : 자신에 대한 통제력 회복을 위해 노력합니다.
　　　　　　　어려운 경우에 전문적인 도움을 받도록 합니다.
※ 평가 : 주위의 도움을 받아 재발을 일으킨 원인을 찾아
　　　　　변화되도록 노력합니다.
※ 재발경고신호를 인지하도록 합니다.
※ 적극적인 도움 요청과 조기 치료 및 전문적인 치료를 받도록 합니
　　다(입원과 외래치료, 약물과 상담 치료, 자조 모임 등).

재발은 회복하는 중에 경험하기 쉬운 과정임을 이해하고
다시 회복할 수 있도록 격려와 적절한 조치로
대처하는 것이 필요합니다.

회복 유지의 가장 중요 부분은 회복의 책임은 중독자 자신임을 서로 이해하는 것으로 회복중인 가족의 구성원은 서로 솔직하게 대화를 나누고 새로운 긍정적인 일을 함께 함으로써 도움을 얻을 수 있습니다. 다음과 같은 방법들이 도움이 됩니다.

1. 중독자에 대해 걱정하고, 회복을 위해 노력할 결심을 가진 가족 구성원과 상담을 하며, 회복 과정에서 필요한 점과 문제에 대해 배움으로 중독자를 도울 수 있습니다.

2. 다른 가족, 전문가 등의 주위 도움을 받도록 합니다.

3. 전문적인 약물 치료와 외래 치료, 자조 모임 등을 적극적으로 참여하게 하고 도와 줍니다.

4. 가정을 술과 관련 없는 환경으로 만듭니다.

5. 중독자에 대한 가족의 기대와 요구 사항을 분명하고 구체적으로 표현하고, 문제를 솔직히 직면시키되 중독자에게 설교나 잔소리를 하지 않도록 합니다.

6. 중독자의 건전한 친구, 활동, 모임에 동참합니다.

7. 중독자의 문제는 스스로가 해결하도록 하며, 실제로 도움이 필요한 경우에만 도와주고 술로 인한 문제는 가능한 중독자 스스로 해결하도록 합니다.

가족이 스스로 노력할 의지가 없는 중독자를 억지로 회복하게 만들수 없다는 사실을 이해하는 한편 중독자가 회복을 위해 노력하는 경우 필요한 도움과 사랑을 제공해 주어야 합니다. 그리고 가족은 스스로 자신의 신체적, 정신적, 사회적 건강을 위해서 노력하도록 해야 합니다.

건강한 가족이 알코올중독자를 건강함으로 이끌 수 있기 때문입니다.

가족친목(Al-Anon) 안내

알코올중독자는 스스로의 힘으로는 술 마시는 것을 조절할 수 없는 병을 앓고 있는 환자들입니다. 이러한 병을 잘 모르는 상태에서 알코올중독자들과 오랜 기간 함께 생활을 하다보면 그 가족들 역시 신체적으로, 정신적으로 문제가 생깁니다.

가족친목은 이러한 알코올중독자들의 배우자, 친척, 친구, 자녀들이 자신들의 공동 문제를 해결하기 위하여 서로 간에 경험과 힘과 희망을 함께 나누는 모임입니다. 알코올중독자와 생활하는 가운데 일어나는 문제들의 해결책을 찾는다면, 가족친목이 도움이 될 것입니다. 알코올중독자가 단주를 하든 안 하든, 가족이나 친구들은 그들 자신뿐만 아니라 알코올중독자를 돕기 위해 많은 것을 할 수 있습니다.

용기를 가지십시오. 희망은 있습니다.

한국알아넌가족그룹본부
홈페이지 : www.alanon.co.kr
이메일 : alanonkorea@paran.com
블로그 : blog.daum.net/al-anonfamily
전화 : 02)752-1808

회복의 주체는 중독자 자신임을 서로 이해하고
가족의 건강한 도움과 사랑으로 단주유지가
지속될 수 있도록 합니다.

이것만은  꼭 알아둡시다.

23. 술 문제에 대해 가족인 아이들에게 솔직하게 이야기하고 이
해를 돕도록 합니다.

24. 단주를 시작한 초기에는 술자리를 가능한 피하는 것이 중요
하며 음주 권유에 단호하게 대처하는 것이 필요합니다.

25. 단주기간에 중독자와 가족은 서로 영향을 주고 받게 됩니다.
가족의 믿음과 격려가 가장 강력한 회복의 후원자입니다.

26. 재발은 회복하는 중에 경험하기 쉬운 과정임을 이해하고 다시
    회복할 수 있도록 격려와 적절한 조치로 대처하는 것이 필요
    합니다.

27. 회복의 주체는 중독자 자신임을 서로 이해하고 가족의 건강한
    도움과 사랑으로 단주유지가 지속될 수 있도록 합니다.

어떻게 하지? 이젠? 가야가 집을 나갔어. 그것도 목적이 뚜렷한… 처음에는 장난이라 생각했지. 그런데 가만 생각해보니, 가야는 귀에 늘 이어폰을 꽂고 극도로 말을 아끼는 축이었지만, 가야가 한 번 말을 할 때마다 허튼 소리를 한 적은 한 번도 없었거든. 엄마한테 쪽지를 보여 드렸더니, 얼굴빛이 하얗게 질리시는 거야. 손을 바르르 떨며 털썩, 주저앉는 거야.

"어떡하니… 태한아. 그 애가……"
엄마가 이렇게 애태우며 하얗게 질리는 모습을 나는 이제껏 본 적이 없어. 늘 당당하고 고함이나 지르고 거칠디 거친 어머니였지. 어머니는 날개를 다친 가냘픈 새 같기만 했어. 책상 위에 놓인 〈어머니께〉라고 적힌 쪽지를 나는 펼쳐보지도 않았더랬지. 그랬다가 밤 열 시를 넘기자 슬슬 걱정이 되는 거였어. 이런 적이 한 번도 없었거든. 야간 자율학습을 마치고 내가 돌아오는 시간은 아홉시 반인데… 가야는 중2라서 아무리 보충 수업을 한다고 해도 열시를 넘기지는 않거든. 게다가 이렇게 늦게 안 들어온 적이 한 번도 없던 애라서. 늘, 보이지 않는 곳에서 보이지 않게 끽 소리 안 나게 숨어 지내는 듯한 아이였지. 누구하나 관심을 두지 않아도 애타게 신경 쓸 일을 벌이지 않는… 지독하게 조용한 아이. 그런 가야가 열한 시를 넘겨도 돌아오지 않자 엄마가 먼저 안절부절 못한 채 가야의 행방을 물어 오셨어. 아는 친구 전화번호라도 말해보라고 하는데… 내가 가야 친구들을 알아야지… 아니, 그 보다 가야한테는 친구가 과연 있긴 한 건지, 잘 모르겠고 말야. 가야는 늘 혼자 다녔으니까. 형이라고는 하나 있는 나마저 가야를 동생취급을 안 한 적이 많았으니까. 그러니까 퍼뜩 생각난 것이 쪽지였어. 책상 위에 쪽지가 있던데요… 하고 엄마한테 건네줬지. 물론, 나는 아예 펼쳐보지도 않고 말야. 엄마 얼굴이 예사롭지 않아서 떨리는 손으로 떨어뜨린 종이를 집어 읽어 보았지.

어머니께.

불효를 저지르게 되어서 죄송해요.
저는 늘, 사는 게 자신이 없었어요.
하지만 음악은 참 좋아요. 음악 덕분에 이제껏 버텨왔어요.

그런데 음악을 들으면 들을수록 나도 음악이 하고 싶어졌어요. 어제, 엄마한테 음악학원을 보내 달라고 했지요. 드럼이 치고 싶어서 견딜 수 없었거든요. 엄청 싸게, 최선을 다해 가르쳐줄 음악하는 형을 만났거든요. 그런데 엄마는 재수 없는 소리 하지 말라고 하셨지요. 세 번을 말했는데…세 번 다… 엄마는 제 말을 깡그리 깔아 뭉개버렸어요. 엄마는 아무렇지도 않았지요? 저는 세상이 무너지는 것 같았어요. 그나마 음악으로 버텨왔던 세상의 무게가 저를 짓눌러 버려 더 이상 견딜 수가 없네요.

엄마, 죄송해요. 제가 좀 더 건강한 마음을 가지고 있었더라면, 이 따위에 무너지지는 않겠지요. 하지만 전 약해요. 음악이 제겐 전부고 음악을 할 수 없으니 차라리 없어지는 것을 택하겠어요. 저 세상으로 가면, 마음껏 드럼을 칠 수 있겠지요?

-불효 아들 가야 올림-

 제4장 함께 찾은 꿈

허걱… 숨이 멎을 것만 같았다. 가야가… 이렇게 조목조목… 자기 주장이 강한 애였나? 도대체 말도 제대로 하지 않던 가야가… 이렇게 커다란 열망을 안고 있었나? 그나저나 엄마는 온 몸을 바르르 떨며 어쩔 줄 몰라 하셨다.

"안되겠다. 경찰… 경찰서에 가자. 신고부터 해야겠다… 가야를 어떻게 이렇게 내버려 두었다니… 내가 미쳤지… 내가… 다 내 잘못이야… 태한아. 이 엄마가 제 정신이 아닌 채로 살아 온 것 같구나. 네 아빠가 원망스러워서 엄마가 너희들한테 화풀이만 하고 제대로 해준 것도 없고… 엄마가… 잘못 살아온 거야. 네 아빠한테 저주만 퍼부을 줄 알았지, 멀쩡한 우리 아들을 망치게 만들었다니… 그 속도 모르고… 태한아. 가야한테 별 일 없겠지? 정말, 가야가 죽… 아냐, 그런 말을 함부로 담으면 안돼! 안돼! 제발… 가야한테 별 일이 없겠지?

아, 가야를 안아준 적이, 가야의 눈을 보며 다정하게 말을 해본 적이 몇 년 동안 한 번도 없었네… 태한이 너한테도 그렇고… 엄마가 고함만 지를 줄 알았지… 얼마나 매정했는지… 그렇지?

나는, 갑자기 엄마가 정신을 놓는 게 아닐까 하고 두려워지기까지 했다. 내가 아는 엄마는 이렇게 말할 줄 아는 엄마가 아니었다. 엄마는 어느 경우에나 콧방귀를 뀌면서 무시하고, 한 마디 쏘아 버리곤 하는 엄마였다. 자신감에 넘치고 똑똑 부러지는 소리를 내던 평소의 엄마 모습이 아니었다. 그런데 지금의 엄마는 그냥, 엄마였다. 그 앞에 어떤 수식도 붙이지 않는 그냥 엄마. 그냥 엄마의 모습이 이상하게도 이런 비상사태의 순간에 찾아 왔다. 그리고 나는 그냥 엄마가 원래 엄마였다는 사실을 기억해냈다. 오래 전 엄마는 분명 그랬다. 부드럽고 따뜻했다.

자정쯤에 우리는 인근 파출소에 가서 신고를 했다. 경찰한테 쪽지를 건네주던 엄마의 손이 또 부르르 떨고 있었다. 충격을 받아서인지 엄마는 우리 주소와 전화번호도 잘 발음하지 못 했다. 내가 또박또박 두 번을 반복해서 불러주었다. 집에 가서 기다리라는 애매한 말만 듣고 돌아왔다. 만약, 돌아오면 파출소에 귀가했다고 전화로 알려주셔야 합니다. 신고는 해놓고 귀가했다는 소식을 안 알려주면 처리가 안 되어서 난감해집니다. 알겠지요? 라고 나이가 지긋이 들어 보이는 경찰이 다짐을 했다. 네… 라고 기어 들어가는 목소리로 말하고 나왔다. 엄마는 맥없이 소파에 기대 앉아 있고, 나는 나대로 기진맥진한 채 잠을 잘 수도 없고 해서 우두커니 내 방에 앉아 있었다. 혹시 누리가… 자고 있을까? 어쨌든… 누리한테 문자를 보냈다. 가야가 가출을 했는데… 자살할거라는 의미가 적힌 쪽지를 남겨 놓았다고. 문자를 보내자마자 누리한테 전화가 걸려왔다.

"사실이니? 아… 어쩜 좋아… 그래, 신고는 했니? 어머니는? 많이 속상하겠다… 너도 그렇고… 그런데 갑자기 왜 그랬대? 아 … 음… 그랬구나… 응… 응… 가야가 음악을 참 좋아했구나. 지금, 너무나 힘들 때이겠지만… 어쨌거나 가야가 돌아오기만을 기다려야지 뭐… 다른 방법이 없지 않니? 어떻게 하냐고? 그냥 기다리면 되냐고? 아니… 그냥 기다리지 말고. 이럴 때는 기도하는 게 최고야. 기도는 어떻게 하냐고? 음 … 한 번도 기도를 해보지 않았다고… 그래, 태한아. 내가 해볼게. 전화에서라도… 우리 함께 기도

 제4장 함께 찾은 꿈

하자. 일단 눈을 감아봐. 그리고 두 손을 모으고. 기도하는 내 목소리에 마음을 모아봐 봐."

하느님. 이렇게 급하고 초조하고 어둠뿐인 순간에도 우리들에게 기도할 수 있는 시간을 허락해주셔서 감사드립니다. 우리 동생 가야가 어디 있는지, 무엇을 하고 있는지 저희들은 알 수 없습니다. 오직 하느님만이 아실 수 있습니다. 가야의 어둡고 상처 입은 마음까지 오직 하느님만이 위로할 수 있음을 알고 있습니다. 하느님, 가야의 마음을 위로해 주세요. 발걸음을 집까지 인도해 주세요. 우리 가야가 무사히 잘 돌아오기를 간절히 원합니다. 가야를 지켜주시고 보살펴주세요. 저희들은 할 수 없으나 전지전능하신 하느님께서는 하실 수 있음을 믿습니다.

하느님께서 가야와 함께 동행해주세요.
태한아… 듣고 있니? 이상하지? 너도 그렇게 느꼈어? 정말… 하느님이 지금 이 순간 가야의 마음을 보살펴 주시고, 함께 해주신다는 느낌 말야. 정말… 그런 느낌이 들지? 그렇지 않니? 태한아… 늦어도 좋으니까… 가야 들어오면 꼭 연락해줘. 알겠지?

우리를 지켜주는 손길..

그래. 넌… 정말 든든한 친구다. 누리야.

기도를 하면서 정말, 그런 느낌이 들었다. 나는 하느님이 누구인지도 잘 모른다. 기도라고는 처음해보는 것이지만, 하느님이라는 분이 전지전능하다고 하니… 정말 우리 가야한테 지금 찾아가서 가야의 마음을 집으로 이끌고 있다는 사실을. 말로 표현할 수 없는 그런 느낌이 드는 거였다. 이상하게 마음이 포근했다. 가야가 꼭 나타날 것만 같은 이 예감.

엄마는 울고 계셨다. 엄마가 울다니… 그것도 측은하게. 언젠가 헤롱헤롱거리는 아빠와 한바탕 싸우면서 고함을 지르면서 제풀에 스스로 한스러워 우는 엄마를 본 적이 있긴 했다. 그런데 이런 모습은 평소와는 달랐다. 엄마는 뭔가 깊은 생각에 빠진 듯이 울고 계셨다. 훌쩍일 때마다 엄마의 등이 들썩였다. 나는 가만히 다가가 엄마한테 가야가 올 것 같다고 말했다. 눈물이 가득 고인 눈으로 나를 쳐다보는 엄마한테 기도를 했다고 말했다. 다른 때, 다른 모습으로 내가 이런 말을 했다면 엄마는 내 등짝을 한 대 후려 갈겼을 게 뻔하다. 장난치냐? 지금 엄마한테? 라고 버럭 고함을 치면서 말이다.

"그래? 다행이다. 정말… 그랬으면 좋겠어. 이게 다 내가 죄 갚음을 하는 것만 같다. 내가 몹쓸 엄마였어. 몹쓸 아내에다가… 네 아빠가 알코올 중독자라는 사실이 얼마나 부끄러웠던지… 네 아빠와 헤어지고 싶었지만 애써서 참고 살아주는 것만으로 내 할 일은 다 했다고 생각했지. 단 한 번도 네 아빠가 변화되고 병에서 헤쳐나올 것이라는 생각을 가지지 않았단다. 늘 그랬어. 그래서 네 아빠를 속으로 비웃거나 저주하곤 했지. 오늘… 이렇게 기막힌 일을 당하니까… 많은 생각이 나는구나. 네 아빠한테 잘못했던 일들이 참 많아. 용서를 구해야 할 일들이 참 많구나. 네게도, 네 동생한테도. 그리고 아빠한테도… 이런 일이 생기고 나서야 비로소 내가 내 마음을 치게 되는 구나. 왜 평소에는 미처 생각하지를 못 했던 걸까. 가야한테 무슨 일이 생겼으면… 이제… 모든 일은… 끝… 아, 생각하기도 두려워. 태한아… 그래. 네 말대로 가야가 살아 돌아올 거란 말이지? 그렇지? 아, 부디 그렇게만 된다면 난, 이제까지 내 잘못들을 좀 뉘우치면서 다르게 살아보겠는데… 가야를 꼭 껴안아 줄 수 있다면……”

그 때였다. 현관문을 두드리는 소리가 들려왔다. 처음에 우리는 잘못 들은 줄 알았다. 고양이가 탁자를 두드리는 소리 같이 아주 작게 들려왔기 때문이었다. 다음 순간, 다시 현관 문 두드리는 소리가 세 번 들렸다. 잽싸게 현관문을 열었다. 아 ……… 가야였다.

가야야! 정말, 엄마는 맥없던 모습은 다 어디로 갔는지 벌떡 일어서더니 가야한테 다가가서는 가야를 힘껏 껴안았다. 그, 말과 표정이 없던 가야가 켁켁 소리를 내도록. 그렇게 껴안고 있더니 팔을 풀면서 어디 다친 데는 없냐고 엄마가 달뜬 목소리로 물어 보았다. 가야가 고개를 끄덕였다. 앉아라고… 엄마가 말했다. 저녁 안 먹었지? 엄마가 물어보니 가야가 또 고개를 끄덕였다. 엄마는 또 쏜살 같이 부엌으로 달려가서 스프와 빵과 과일을 내왔다. 그리고는 가야의 손을 물수건으로 닦아 주고는 어서 먹으라고 했다. 가야가 허겁지겁 먹는 모습을 우리는 넋 나간 듯 지켜보았다. 어쩌면 이렇게 귀엽고 사랑스러운지… 가야가 먹을 것을 제대로 먹는 모습이 이렇게도 예쁘게 보인 적이 예전에는 결코 없었다. 세상을 바라보는 것은 모두 마음에 달려있다더니… 딱 맞는 말이다. 나는 파출소에다 가야가 들어왔다고 알리고, 누리한테도 문자로 소식을 전했다.
〈짝짝짝… 축하해. 하느님 은혜야. 가야 많이 사랑해줘,. 알겠지?〉
누리가 답 문자를 해왔다. 새벽 두 시 십오 분 전이었다. 나 때문에
누리가 늦게 잠이 들겠다 싶어서 미안하면서도 정말 고마웠다.

"가야야, 엄마가 많이 미웠지? 그 동안 아빠 핑계로 너희들을
잘 돌봐주지 못 했구나. 엄마를 용서하렴… 참, 엄마가 생각해 봤
는데… 드럼인가 뭔가 친다는 거… 그거 하거라. 네가 음악에 재능
이 있는 줄 엄마가 몰랐구나."

엄마가 가야의 입을 휴지로 닦아주면서 말했다. 순간, 가야가
밝은 표정을 지으며 말했다.

"우와! 정말이에요? 고마워요… 엄마. 하지만 전 재능이 아니라
열정인걸요… 아직 음악을 배워보지 못 했으니 재능이 있는 줄 없
는 줄 잘 모르는 거지만요."

가야의 목소리가 예전 같지 않았다. 가야는 지금, 따끈따끈한
꿈을 감싸 쥔 아이 같았다.

"아냐, 넌 열정만 가진 게 아니라 노력도 할 거잖니. 그러면 열
정이 곧 재능으로 되는 거야. 엄마는 널 믿어."

아, 엄마한테서 이런 말을 들을 줄이야 우리는 감히 상상도 하
지 못 했다. 엄마는 늘 퉁명스런 말과 구박만 하곤 했는데… 도대
체 어디 있다 온 거니? 쪽지 남길 때는 언제고 어떻게 돌아올 마음
이 일어난 거니? 라고 내가 물어 보았다.

"갖고 있던 용돈을 전부 털어서 제일 멀리까지 갈 수 있는 버스
표를 샀어. 일부러 돌아오지 않으려고 가진 돈을 다 털었지. 해암
인가. 바다 공기가 참 짰어. 밤물결이 거셌지. 마침, 어제 새로 다
운 받아 놓은 노래가 들려왔어.

밥 말리 노래였지. 들어볼래?"

밤바다가 나에게 말하다.

구원의 노래 (Redemption Song)

밥말리 (Bob Marley)

늙은 해적들이 나를 잡아다 상선에 팔았다

몇 분 뒤 그들은 지옥 같은 곳에서 나를 꺼내갔다

하지만 내 손은 신이 자신의 손으로 강하게 만들어 주신 손

우리는 이 세대에서 의기양양하게 전진한다

나를 도와 이 자유의 노래를 함께 부르지 않겠는가

내가 가진 것이라고는 이 구원의 노래,

구원의 노래 밖에 없으니까

정신적인 노예 상태에서 스스로를 해방시켜라

우리의 마음을 자유롭게 할 수 있는 사람은 우리 자신뿐이다

원자력 에너지를 두려워하지 마라

그들 중 누구도 시간을 멈출 수는 없다

그들이 우리의 선지자를 죽이는 것을

얼마나 더 가만히 서서 보고만 있을 것인가

어떤 이들은 그저 운명이라고,

책에 나온 대로 되는 것이라고 한다

나를 도와 이 자유의 노래를 함께 부르지 않겠는가

내가 가진 것이라고는 이 구원의 노래,

구원의 노래 밖에 없으니까

"형. 그랬어. 이 노래를 듣는 순간 요동치는 마음이 잔잔해져 오
는 거야. 자유, 구원… 이런 단어가 내 가슴을 잔잔하게 만들어 주
었어. 나는 사실, 가족들을 사랑하지 않았어. 다들 지겹고 지겨운
존재들이었지. 음악을 못 하게 하는 엄마는 특히 더. 그런데 이상
했어. 그 지긋지긋해서 말조차 나누지 않던 가족들이 못 견디게 보
고 싶은 거야. 언젠가 내 귀를 때려 고막이 터지게 만들었던 형조
차도. 그 날의 일을 늘 가슴에 담아 두고 있었는데… 이상하게 용
서하게 되었어. 형도. 늘 술만 마시고 다정하지 않은 아빠도. 무조
건 생각해보지도 않고 음악하지 못 하게 하던 엄마 조차도. 바닷
가. 딱딱한 바위. 수없이 많은 장구벌레들이 기어 다니는 그 곳에
더 이상 앉아있을 이유가 없어졌어. 내 마음 속에 자유가 찾아 왔
으니까. 그래서 일어나서 지나가는 용달차를 얻어 탔지. 마침 그
차가 우리 집 방향 쪽으로 간다는 거야. 마음씨 좋은 아저씨를 만
난 거지. 아저씨가 우리 집 앞까지 태워주셨어. 그런데 신기하지?
도대체 평강과 자유가 어디서부터 왔던 걸까?"

하느님한테서… 나는 나도 모르게 중얼거리고 있었다. 우리 이
야기를 옆에서 듣고 있던 엄마가 우리의 어깨를 가만히 잡았다. 우
리는 삼총사처럼 서로의 어깨를 감싼 채 에워쌌다. 이제까지 느껴
보지 못 했던, 아니… 언젠가 충분히 느끼고 충분히 누렸던 기운
이, 그리운 그 크고 감사한 기운이 우리를 가만히 둘러싸고 있었
다.

아주 오랫동안, 우리는 그렇게 서로서로를 얼싸안고 있었다.

 가리사니를 위하여

 제4장 함께 찾은 꿈

누리와 태한이에게

그래, 누리야. 태한아. 한 학기가 끝나기 전에 선생님과 약속한 게 있었지? 그걸 용케 기억하는 구나… 어쨌거나… 너희들 성적이 학기 초보다 훨씬 많이 올랐네. 어디, 좋은 학원이라도 다니나 보구나. 아니라고? 그런데도 성적이 많이 올랐어. 축하 해. 너희들 표정이 환하구나. 서로 약속이라도 한 듯이 말야. 무슨 좋은 일이라도 있는 거니? 뭐? 좋은 일이 있어서 웃는 것 보다 웃다보면 좋은 일이 생긴다고? 허… 참. 그거 좋은 말이구나. 나도 좀 써먹어야겠는걸.

그런데 너희들 아직까지 꿈이 없니?

방학 전까지는 생각해오라고 했는데 말야… 뭐라고?

정말? 꿈이 생겼어?

태한이는? 그렇구나. 상처 난 마음을 어루만져주는 심리 상담가나 정신과 의사가 되겠다고… 그래, 그거 좋은 생각이구나. 누리는? 많은 사람들의 이야기를 들려주고 함께 나누는 소설가? 우와… 너희들. 다시 봐야겠어.

꿈이 있는 것은 희망이 있다는 증거지.

너희들의 가슴 속에 피어난 희망한테 박수를 보낸다.

축하해. 분명히 잘 될 거야.

– 너희를 사랑하는 선생님이

그 후 ……

누리네 한사랑 빵 나누는 날

 제4장 함께 찾은 꿈

편집후기

　　영남권 유일의 알코올중독 치료 병원인 한사랑 병원을 개원하고 1주년을 맞이하는 즈음에, 많은 환자와 보호자들의 어려움을 치료 현장에서 같이 느끼면서, 아직도 환자와 보호자에게 정확한 이해와 도움을 줄 수 있는 책자가 많지 않다는 현실적 어려움과 답답한 마음에 책자 작업을 시작하게 되었습니다. 처음 시작할 때 박정혜 선생님, 전혜영 팀장님, 김미미 선생님과 같이 어떻게 시작을 할까? 다들 선뜻 용기가 나지 않았는데, 어느덧 이렇게 짧은 시간에 책 작업이 마무리되어 감회가 새로운 듯합니다. 어려운 환경 속에서도 각자 맡은 역할을 가지고 밤을 새우며 작업을 해주신 분들 모두 감사합니다. 초기 모호함과 불확실성 속에서도, 이 땅에 알코올중독이라는 병으로 고통 받고 있는 환자와 가족들의 아픔과 남모르는 괴로움을 병원이라는 치료 환경에서 접하면서, 바른 이해와 도움과 치료를 해야 한다는 절박함이 들었습니다. 환자와 보호자를 건강한 가족으로 만들 수 있다는 단, 하나의 사명감이 저희를 모두 열정적으로 일 할 수 있도록 만들어 준 듯합니다. 시간이 지날수록 환자와 보호자에게 조금이라도 도움이 될 것이라는 확신과, 어려운 작업 과정에서도 당시는 힘들고 고통스러웠지만, 서로를 격려하고 칭찬하며 고민해왔던 많은 시간들이 이제는 또 하나의 좋은 기억으로 남게 될 수 있어 감사하게 생각합니다. 이 지면을 빌어 전폭적인 관심과 지원을 해주신 한사랑 병원 모든 가족들과, 출판사 배재경 사장님, 기타 많은 도움과 격려를 해주신 모든 분들에게 감사드리며, 개인적으로 집중할 수 있는 열정과 밤을 새웠던 나날들의 추억에 감사합니다.

신진규 (정신과 전문의, 의학박사)

오래 전부터 곰씹어 부르고 있는 이름이 있습니다. 혼돈과 갈등과 갈망으로 뒤엉킨 이력을 지닌 자의 이름입니다. 더불어 그 이름은 포용과 이해, 화해와 수용으로 이뤄진 이름입니다. 아마도 그는 사랑하면서도 동시에 미워했던 어머니를 〈있는 그대로〉 사랑하게 되었을 때 아픔을 극복했을 것입니다. 그 극복은 수십 년 동안 겪어왔던 알코올중독의 늪을 헤쳐 나오는 기적을 낳기도 했습니다. 그의 어머니인 화가 수잔 발라동(Suzanne Valadon, 1865~1938)의 대표작은 〈푸른 침실〉입니다. 저는 그, 위트릴로(Utrillo, Maurice, 1883~1955)의 이름을 부르며 〈푸른 침실로 가는 길〉을 걷고 있습니다. 그 길이 다름 아닌 기적의 길, 알코올중독의 치유를 가져오는 길이기 때문입니다. 이 〈가리사니를 위하여〉는 그, 길 위에서 만난 긴한 이야기입니다. 아름다운 치유의 기적을 기원합니다.

박정혜 (시인, 정신전문간호사)

편집후기

　　하루에도 수차례 걸려오는 전화에는 한 분 한 분 각기 다른 상황들 속에서의 절박함이 느껴집니다. 남편의 음주상태에서 이뤄지는 의심과 폭력 속에서 이를 해결할 방법을 찾지 못해 불안증과 불면증에 시달리는 아내, 이혼한 언니가 혼자 지내면서 몇 날 며칠 식사도 전혀 하지 않고 술만 마시는 모습이 애처로워 입원을 문의하는 동생, 장가갈 시기를 이미 한참 놓쳐버리고 술 때문에 직장까지 잃어 삶을 포기한 듯 살아가는 아들이 안쓰러운 어머니, 평생을 술 마시며 어머니를 괴롭혀 오다 이제 치매 증상까지 보이는 아버지가 원망스러운 딸……

　　입원문의와 가족상담을 통해 만나게 되는 수많은 가족분들의 모습을 보며 중독증이 얼마나 무서운 병인가를 매일매일 실감하게 됩니다. 중독증은 오랜 시간 가정 안에 스며들어가 점차 사랑하는 가족들이 서로를 미워하고 원망하게 만들기 때문입니다.

　　한사랑병원 개원 이후 입원문의와 가족상담을 통해 가족분들이 궁금해하고 힘들어하는 점들을 '궁금해요' 라는 문답 형식으로 정리를 하였습니다. 그러면서 가족들이 서로를 상대로 겨누고 있는 화살의 방향을 중독으로 향하여 지혜로운 방법으로 알코올중독증과 싸워 이길 수 있기를 기대하는 마음을 간절히 담았습니다. 중독환자와 가족들이 겪는 어려움을 함께 고민하고 답을 찾을 수 있도록 수많은 질문들을 던져주셨던 본원의 입원문의 및 가족상담에 응해주신 가족분들께 진심으로 감사의 인사를 드립니다. 이와 함께 고생해주신 중독연구소 정신보건사회복지사 차귀영, 이현아, 김혜빈, 조지연, 한진영 선생님께도 감사드립니다.

전혜영 (한사랑병원 중독연구소 팀장, 1급 정신보건사회복지사)

　　한사랑 병원과 인연을 맺으면서, 알코올 중독이라는 병이 얼마나 많은 것들을 앗아가는지, 단지 나 하나의 문제로 끝이 아니라, 나로 엮어진 모든 관계의 붕괴로 이어지고 있다는 것을 다시 한 번 생각하게 되었습니다.

　　천천히 걸음마를 떼는 아이의 시선에서 아이의 순수함을 삽화에 담고 싶었습니다. 간절히 바라는 무언가를 이뤘으면 하는 소망을 담아 이 책을 보는 모든 이들도 이리한 미음들이 이루어지를 바라며 ……

　　짧은 시간 작업을 진두지휘하신 신원장님, 눈물 쏙 빼게 글 적어주신 박정혜 쌤, 3%의 작은 대가를 바라시면서 98%의 힘을 주시는 전혜영 팀장님과 미녀 복지사 쌤들… 밥 한 그릇 뚝딱하고, 컵라면 두 개를 또 먹어주는 투혼을 발휘해 함께 작업해 준 스물 인생 한번도 과식이라곤 하지 않는 우리 지온양 (우리 오니랑 함께 라 작업이 참 즐거웠단다.^^…)
　　자기들아 사랑해…

　　늘 기다란 연으로 나를 지탱하게 해주는 내 인생에 늘 버팀목이 되어주는 종달새야. 고마워.

김미미 (미술치료사, 디자인교육석사)